Piccola B

CW01594396

di Mario Calabresi

nella collezione Oscar

La fortuna non esiste
Spingendo la notte più in là

nella collezione Strade blu

Cosa tiene accese le stelle
Spingendo la notte più in là
(libro e DVD)

MARIO CALABRESI

LA FORTUNA NON ESISTE

Storie di uomini e donne
che hanno avuto il coraggio di rialzarsi

OSCAR MONDADORI

© 2009 Arnoldo Mondadori Editore S.p.A., Milano

I edizione Strade blu aprile 2009
I edizione Piccola Biblioteca Oscar aprile 2010

ISBN 978-88-04-59860-2

Questo volume è stato stampato
presso Mondadori Printing S.p.A.
Stabilimento NSM - Cles (TN)
Stampato in Italia. Printed in Italy

Anno 2012 - Ristampa 4 5 6 7

www.librimondadori.it

Indice

La fortuna non esiste

A Emma e Irene

Non importa quante volte cadi. Quello che conta è la velocità con cui ti rimetti in piedi.

JOE BIDEN

Nel temperamento americano c'è una qualità, chiamata *resiliency*, che abbraccia i concetti di elasticità, di rimbalzo, di risorsa e di buon umore. Una ragazza perde il patrimonio, senza stare a commiserarsi si metterà a lavare i piatti e a fabbricare cappelli. Uno studente non si sentirà svilito lavorando qualche ora al giorno in un garage o in un caffè. Ho visitato l'America alla fine della presidenza Hoover, in una delle ore più tragiche della sua storia, quando tutte le banche avevano chiuso i battenti e la vita economica era ferma. L'angoscia stringeva i cuori, ma l'allegria e la fiducia splendevano nei volti di tutti. Ad ascoltare le frasi che si scambiavano si sarebbe detto che era tutto un enorme scherzo. E se qualche finanziere si gettava dalla finestra, non posso impedirmi di credere che lo facesse nella ingannevole speranza di rimbalzare.

PAUL CLAUDEL

Nata due volte

Da cinque giorni era cominciato un anno tumultuoso che avrebbe portato l'Italia in guerra. I giornali di quella mattina raccontavano di un cannoneggiamento delle navi italiane a Durazzo, in Albania. A Torino maturavano manifestazioni di interventisti e di neutralisti, scioperi e una rivolta per il rincaro del prezzo del pane.

Alle cinque del pomeriggio il dottor Buscaglino, di professione medico di famiglia, aveva finito il giro delle visite, quando decise di passare in via Pier Carlo Boggio 134, in quella zona tra la Crocetta e la zona industriale San Paolo che chiamavano il Polo Nord, perché lì faceva sempre freddo. Anche quel pomeriggio, nonostante fosse stata una giornata soleggiata, la temperatura era sotto lo zero e il termometro nella notte avrebbe fatto segnare -6.

Si fermò davanti al portone, si aggiustò i baffi rossi che erano il suo biglietto da visita, entrò nell'androne e chiese alla portinaia notizie della signora Marietta Cavadore e della sua gravidanza. La donna scosse la testa: «È caduta nel primo pomeriggio e ha perso la bambina. È nata morta». «Perché, era femmina?» chiese istintivamente il medico. «Sì, ma non è sopravvissuta.»

Il dottor Buscaglino rimase immobile, era padre di due

maschi, una figlia femmina era il sogno della sua vita, e gli sembrava terribilmente ingiusto che quel giorno il mondo avesse perso una bambina. Prese le scale, salì al secondo piano e suonò. Il medico se n'era già andato da tempo, in casa c'erano solo la madre e la nonna della bambina. Aprì la nonna Rosa, si conoscevano da sempre perché abitavano nello stesso palazzo, in corso Vinzaglio, da quando lei si era trasferita da Montà d'Alba.

Entrò piano nella camera, Marietta giaceva a letto. Era scivolata in casa mentre era incinta di sei mesi e mezzo e aveva avuto un'emorragia. Il medico, arrivato quasi subito, era riuscito a bloccare il sangue, ma non aveva potuto evitare il parto spontaneo. Aveva dovuto registrare la perdita di una bambina venuta al mondo troppo prematura per poter sopravvivere.

Il dottor Buscaglino, con un certo imbarazzo, chiese dove fosse stata messa la neonata. Marietta non rispose neppure, Rosa fece un cenno con la testa indicando il mobile toilette con lo specchio: «Non sono ancora passati a prenderla». Un fagotto fatto con le federe dei cuscini era appoggiato sul piano di marmo. Il dottore si avvicinò, lo aprì con cautela, si fermò a guardare la bambina con i palmi appoggiati sul marmo gelato, poi posò una mano sulla pancia della piccola per farle una carezza e ci fu un movimento: «Ma non è fredda: è tiepida». La sollevò di scatto: «Disgraziati, ma questa bambina è mica morta, è viva». «Ma non ha mai respirato, non ha pianto, non era neanche di sette mesi» gli rispose la nonna Rosa. «Non ha la forza per piangere, portatemi delle coperte, scaldiamola.»

Si mise a massaggiarla senza sosta, la avvolse nella lana e poi si avvicinò alla madre e, come in preda a una visione, cominciò a parlare in modo concitato: «Me la lasci portare a casa, ci voglio provare, non bisogna arrendersi: le costruirò una culla con la bambagia, le metto una lampada sopra, giorno e notte, le possiamo dare il latte con il contagocce». Marietta fece sì con la testa, non aveva più parole, aveva perso e ritrovato la sua prima figlia, ma non voleva illudersi. Il medico strinse al petto il fagotto di lana e uscì di corsa. La portinaia sgranò gli occhi a vederlo passare con quell'involto che conteneva una bambina sotto il cappotto e lui le gridò: «Mandi qualcuno ad avvisare il becchino, non c'è più bisogno che venga».

Era il 5 gennaio 1915, martedì. Maria Tessa, mia nonna, cominciò quel giorno, tra le braccia di un fascinoso medico dal pizzetto rosso, un'avventura che l'avrebbe portata a vedere l'elezione di Barack Obama. Il dottor Buscaglino, di cui la nonna non ricorda il nome, se la portò a casa e la tenne per mesi in cucina, con la stufa sempre accesa per avere una temperatura costante, la fece crescere e poi la affidò alla nonna Rosa, perché la madre ci metteva molto tempo a riprendersi. La bimba tornò alla casa in via Boggio quando aveva due anni, era magrolina, camminava veloce e volle fare le scale da sola.

«Ero un piccolo pollo che non aveva neppure la forza di piangere, ma sono arrivata fino a qui perché ho incontrato un uomo che aveva voglia di scommettere sulla vita, che ebbe il coraggio di assumersi un rischio, di pensare con la sua testa e di non arrendersi quando gli altri mi davano per morta. Ho vissuto 94 anni, ma alla fine l'unica lezione che mi porto dentro è che non bisogna mollare mai. Mai arrendersi: bisogna essere curiosi, ambiziosi e artefici del proprio destino.»

I

Il raccolto arriverà

Se ci si chiede qual è il fondo, il punto più basso che si può toccare, e si ha proprio voglia di guardare in faccia la risposta, basta atterrare all'aeroporto internazionale di Pittsburgh, affittare una macchina, superare i ponti che portano in città e guidare verso est ancora per un quarto d'ora. Non c'è bisogno di molte spiegazioni, quello che si incontra è talmente esplicito da non lasciare alcun dubbio.

Immaginate una città a cui è stata tolta l'anima, a cui hanno portato via tutto quello che serve a definire l'esistenza di una comunità: il lavoro, le scuole, i bar, i ristoranti, gli alberghi, i cinema, la piscina e gli abitanti. Perché le città possono anche morire, spegnersi lentamente, vedere scorrere via la vita, crollare isolato dopo isolato fino a trasformarsi in fantasmi.

L'esempio perfetto di declino, il caso più eclatante che si possa trovare oggi in America, si chiama Braddock, una dozzina di chilometri dal centro di Pittsburgh, in quella parte della Pennsylvania ribattezzata «Rust Belt». La chiamano così: «Zona della ruggine» perché prima c'era l'industria pesante, si produceva l'acciaio, poi è collassato tutto e l'era della manifattura ormai è archeologia.

Braddock ancora negli anni Cinquanta aveva ventimila

abitanti, attirava lavoratori, commerci, visitatori: le foto la mostrano affollata e caotica. Ora, secondo l'ultimo censimento, ne ha meno di tremila, 2912 per essere precisi. È tutto diroccato, abbandonato: dove c'erano i negozi si vedono solo assi inchiodate e cartelli con la scritta «in vendita» vecchi di almeno vent'anni. I pochi ancora aperti hanno una rete metallica davanti alle vetrine, per impedire che vengano sfondate. Più di un terzo dei cittadini rimasti vive sotto la soglia della povertà, la maggior parte sono disoccupati e il valore medio delle case rimaste in piedi è di 6200 dollari, dimezzato solo nell'ultimo anno. Una villetta di due piani col giardinetto costa meno di un'utilitaria usata.

Qui, sul Monongahela River, dove a metà del Settecento i francesi alleati degli indiani sconfissero gli inglesi capitanati da un certo Edward Braddock che morì e lasciò in eredità il suo nome, un secolo più tardi lo scozzese Andrew Carnegie, il re della siderurgia, aprì la sua prima acciaieria: la Edgar Thomson Steel Works. Era il 1875. Questa valle stretta e boscosa diventò in pochi anni il faro dell'industria americana e del progresso: il cuore del nascente Secolo Americano. Per quasi un secolo, la città continuò a riempirsi di abitanti, di orgoglio e di lavoro, poi arrivarono il crollo dell'acciaio, la disoccupazione e l'epidemia di crack, quei cristalli di cocaina da inalare che qui cancellarono per intero la generazione degli adolescenti degli anni Ottanta.

Ciò che resta, dopo quello che il sindaco chiama uno «tsunami sociale», è talmente impressionante da aver spinto Hollywood a scegliere Braddock per ambientare la versione cinematografica del romanzo premio Pulitzer *La strada* di Cormac McCarthy. C'era bisogno di un luogo che raccontasse l'America dopo l'Apocalisse, che facesse da sfondo al viaggio di un bambino e di suo padre, interpretato nel film da Viggo Mortensen, in un mondo in cui la civiltà è stata cancellata da un cataclisma e i sopravvissuti vivono di violenza e cannibalismo. Non hanno avuto bisogno di ricostruirlo in studio: era lì, a disposizione, con tutto il suo carico di angoscia e distruzione.

Questa città avrebbero dovuto dichiararla morta, cancellarla dalle cartine e dimenticarsene, se non fosse che il suo scheletro è troppo ingombrante, che sta troppo vicina a cose vive e che quei tremila non sanno dove andare e non se ne vogliono andare. Allora hanno provato a eliminarla in nome del rilancio e del progresso di tutta l'area, facendoci passare proprio sopra il progetto della nuova autostrada a quattro corsie che parte dall'aeroporto, un progetto faraonico da due miliardi e mezzo di dollari. Ma il destino, gli speculatori, gli urbanisti e «l'inarrestabile declino» hanno trovato due ostacoli, due strane figure capaci di rimettere in discussione tutto. Due persone che ragionano in modo poco convenzionale, che non hanno rispettato le regole e che hanno avuto una visione: si sono convinti che anche le città possano rinascere.

Si chiamano Victoria Vargo, detta Vicky, e John Fetterman. La bibliotecaria e il sindaco. Due persone che non hanno nulla in comune, che sono agli antipodi come filosofia di vita, modo di parlare, muoversi e ragionare: lei è una cinquantenne riservata e silenziosa, un'intellettuale che crede nella politica dei piccoli passi; lui un energumeno appassionato e rumoroso, viscerale ma con un master ad Harvard, convinto che si debba vivere come dei lottatori e che la discrezione corrisponda alla resa. La bibliotecaria e il sindaco, ognuno per conto suo e percorrendo una strada diversa, sono arrivati alle stesse certezze: che non esista una situazione peggiore di quella che hanno avuto in sorte di vivere e che dall'ultimo gradino si possa solo risalire.

La grande fabbrica è ancora lì, alla fine della via principale, che si chiama naturalmente Braddock Avenue: la si vede, la si sente e la si respira da ogni angolo della città, non si è fermata un solo minuto in 134 anni. Ha attirato generazioni di lavoratori immigrati dall'Europa dell'Est, li ha mescolati con il popolo degli Appalachi, gente di montagna che scappava dalla povertà e preferiva l'altoforno alla miniera.

La fabbrica è in fondo alla valle che corre lungo il fiume. Braddock comincia cinquecento metri prima: si è espansa per quasi ottant'anni, toccando il suo culmine all'inizio degli anni Cinquanta, quando forniva l'acciaio per costruire il Sogno Americano. Vent'anni dopo, il mercato siderurgico crolla e, in una cittadina che viveva solo di quello, il declino si fa drammatico. La fine dell'acciaio è la fine di Braddock. Dal Sogno Americano si passa all'Incubo Americano. Gli ultimi operai della fabbrica, dopo anni di ristrutturazioni continue, se ne vanno a vivere a Pittsburgh: la terza generazione, i nipoti dei protagonisti del boom, volta le spalle alla città e al fiume. Quando una comunità perde lavoro e lavoratori il suo destino è segnato: cominciano a chiudere i negozi, uno dopo l'altro e sempre più in fretta, poi le banche, i bar e i ristoranti.

L'ultimo rimasto, Vocelli Pizza, spegne le luci alla fine di gennaio del 2006, dopo che una sera alle sette sparano in faccia al garzone trentenne delle consegne a domicilio. Non si è mai saputo chi abbia ucciso Christopher Williams e insieme a lui la possibilità di mangiare una pizza a Braddock: i proprietari di Vocelli offrirono 2000 dollari per avere informazioni sull'omicidio, ma nessuno si fece vivo. Allora alzarono la taglia a 15mila dollari, reddito medio di un cittadino di Braddock, ma non servì a nulla. Nel primo anniversario un anonimo pubblicò un annuncio promettendo addirittura 20mila dollari di ricompensa per fare giustizia.

Anche questa volta nessuno telefonò, il delitto rimase irrisolto e Braddock senza locali dove mangiare.

Ma la data dell'omicidio: 01-16-2006 (con il mese, gennaio, prima del giorno come la scrivono gli americani) è tatuata sull'avambraccio destro di «Mayor John» – come si firma nelle mail e negli sms –, il sindaco. È un uomo gigantesco, 140 chili per oltre due metri di altezza, completamente pelato con un pizzetto diabolico, potrebbe fare il buttafuori a un concerto di rock duro o partecipare al campionato di wrestling. All'interno del braccio sono state incise altre quattro date, quelle in cui sono morte le altre persone uccise da quando è stato eletto, tra cui una bambina di due anni aggredita e poi abbandonata in mezzo alla neve del nuovo parco giochi, trovata assiderata mentre cercava la strada di casa.

Sul braccio sinistro si è fatto tatuare solo cinque cifre: 15104, il codice d'avviamento postale della città. Se lo è fatto incidere sulla pelle per dare il senso della missione, del suo completo coinvolgimento nella lotta per la sopravvivenza di questa città.

John Fetterman ha 39 anni ed è nato a York, trecento chilometri più a est in direzione di Philadelphia, e ha un curriculum di tutto rispetto: ha studiato ad Harvard, dove ha preso un master in Politiche sociali. È arrivato qui negli anni Novanta come volontario per assistere i giovani che avevano abbandonato la scuola. Nel 2001 ha lanciato un suo progetto per recuperare duecento ragazzi dallo spaccio, dall'alienazione, dalla violenza: lo hanno preso sul serio e lo hanno seguito. Non era uno di quelli che la sera se ne andavano a dormire al sicuro in un'altra città, si era subito comprato un vecchio magazzino davanti alla biblioteca, pagandolo solo 3000 dollari, lo aveva ristrutturato e ne aveva fatto casa sua. Così si è conquistato il diritto di fare il capobranco per il suo coraggio, perché parla la lingua dei ragazzi, quella del rap e dei graffiti, e perché non li ha mai abbandonati.

Nel 2007 ha pensato che doveva fare un passo in più: ha deciso di provare a caricarsi su queste spalle gigantesche non solo i giovani ma tutta la città, e si è candidato sindaco. Ha vinto per un solo voto in una corsa con tre candidati.

Mentre mi guardo in giro e mi fermo davanti alla palazzina di quello che è stato l'ultimo albergo di Braddock, l'hotel «Valle dell'acciaio», con l'insegna ancora al suo posto e anni di polvere e fango sui vetri, non riesco a credere che ci siano persone che si sono battute per diventare primo cittadino di un posto come questo.

Mayor John è stato eletto grazie ai giovani e al suo programma: richiamare artisti, abitanti, lavoro e far riaprire un ristorante.

Ci siamo scritti per settimane, mi aveva promesso un'intervista, ma l'abbiamo rinviata almeno quattro volte: doveva preparare la stanza del primo figlio che stava per arrivare in anticipo. L'ha dipinta, ha montato il letto, il fasciatoio, gli scaffali e mi ha tenuto aggiornato perfino sui dolori e le contrazioni della moglie. Karl è nato a Braddock, in quella casa che era un deposito, il 15 febbraio 2009. «Sono sempre qui,» mi scrive Mayor John «il neonato sta bene ma io non mi posso muovere, la porterò a vedere come sto facendo rinascere la speranza.» Dopo dieci giorni decido che è ora di andare a trovarli.

A un chilometro da Braddock, prima di scendere nella valle, il mondo è ancora normale: ci sono dei condomini in cemento armato, un fast food, un paio di distributori di benzina e gente che cammina sui marciapiedi. Poi la strada inizia a scendere, la macchina comincia a sobbalzare sulle buche e si apre lo spettacolo delle case distrutte: tetti sfondati, facciate crollate, vetri rotti, assi spezzate. Nemmeno a Detroit o a Cleveland ho visto una concentrazione simile di abitazioni abbandonate.

Sul marciapiede camminano solo due ragazzi neri, hanno il collo tatuato, jeans larghissimi con il cavallo basso e un cappellino da baseball con la visiera di lato. Si muovono lenti e alla stessa velocità li segue la macchina della polizia. L'agente si è convinto che oggi non vadano lasciati un attimo soli e li scorta non si sa fino a dove

Arrivo in comune, Mayor John ha appena fatto erigere un monumento ai caduti di fronte all'ingresso. Parcheggio, entro ma lui in ufficio non c'è. La segretaria mi dice di provare a casa: «Da quando è nato Karl non lo si vede molto da queste parti». Mi spiega come arrivarci, ma prima di andare a suonare alla porta del sindaco faccio tutto il giro della sua città: ci sono pubblicità antiche dipinte sui muri, circolano macchine vecchie e scassate e un negozio ha in vetrina un pupazzo a pile del giocatore di basket Michael Jordan, una cosa di almeno quin dici anni fa: a New York o a Chicago farebbe la gioia dei collezionisti, qui è solo un giocattolo vecchio. Ai confini della città sfilano decine di vecchie fabbriche e magazzini, sono pieni di fascino e completamente abbandonati, non come a Pittsburgh, dove sono stati tutti restaurati e l'archeologia industriale è diventata il simbolo della rinascita della città.

Parcheggio, comincio a camminare a piedi e subito vengo invaso dalla tristezza e dall'angoscia di fronte a quello che si vede dietro decine di vetrine vuote: tavoli e sedie abbandonati da anni, scaffali rovesciati, poltrone sfondate e biglietti ingialliti lasciati sulle porte Villette sigillate dal la polizia perché pericolanti, con i cartelli che intimano di non entrare e non avvicinarsi e l'erba alta che non viene tagliata chissà da quando.

Arrivo a casa del sindaco, nel giardino ci sono opere d'arte realizzate dal progetto RiverCube, che crea sculture con la compressione dei rifiuti ferrosi raccolti lungo le rive del fiume. Su uno dei muri esterni c'è un grande murale con la scritta «Labor». Sul citofono non c'è targhetta, ma una busta con il nome che cerco è stata appoggiata sulla maniglia. Suono ma non apre nessuno, allora lo chiamo al telefono ma non risponde. Decido di fare un altro giro. Lì accanto un gruppo di ragazzi gioca a basket, mi fermo a guardare la partita: ci sarebbero due squadre ma nessuno passa mai la palla a un compagno, chi prende il rimbalzo palleggia per un po' e poi tira, come se esistesse solo lui.

Vado al nuovo centro di avviamento al lavoro, aperto in un palazzo degli anni Venti restaurato: è una via di mezzo tra un ufficio di collocamento e un centro di formazione e consulenza. Di questi tempi, però, non si viene qui per cercare occupazione, ma semplicemente per evitare di restare al buio e al gelo: al piano terra è stato messo il quartier generale del «Crisis Program», voluto dallo Stato della Pennsylvania per aiutare a pagare le bollette di elettricità e gas chi non è più in grado di farlo o per riallacciare le forniture a chi ormai viveva senza luce e riscaldamento. Assistono quaranta persone al giorno dal lunedì al venerdì, metà la mattina e metà il pomeriggio, e da quando il programma è partito c'è sempre la fila. Faccio i conti e mi rendo conto che lo Stato paga le bollette già a due terzi degli abitanti di Braddock.

Sheila, la ragazza afroamericana che lavora al «Crisis Program», e nata qui e ha nostalgia degli anni Ottanta, quando era una bambina: «C'era la droga certo, come adesso, ma almeno avevamo una sala con i videogiochi e per i più grandi c'era il biliardo. Oggi non c'è più niente: o spacci o resti chiuso in casa». Il guardiano ha settant'anni, è un po' acciaccato ed è di origine irlandese, non vuole dire nulla di cos'era la città in passato, riesce solo a sospirare e a ripetere il soprannome che si usava un tempo: «Brady, Brady».

Quando esco, finalmente Mayor John mi risponde al telefono, scopro che è in rotta verso New York: «Sono stato invitato all'ultimo momento al "Colbert Report"». Sarà ospite del programma televisivo comico di Steven Colbert che andrà in onda stasera. «Mi dispiace, ma non ce la facciamo proprio a vederci.» Io sono partito all'alba proprio da New York e mi prende lo sconforto. Non riuscirò a guardarlo in faccia, volevo vedere come camminava nella sua città, come lo salutava la gente, volevo sentire dalla sua voce il racconto del campo giochi nuovo di zecca, della chiesa sconsacrata che ha fatto ristrutturare e in cui sta per inaugurare un centro sociale, degli artisti, dei nuovi abitanti venuti dall'Oregon e dall'Alaska che hanno creduto nel suo progetto di rinascita. Invece dovrò accontentarmi di quello che ha già detto o mi ha scritto.

Cerco un posto dove mangiare ma non trovo niente, neanche un McDonald's, tutto mi sembra ancora più cupo e desolante. Allora gli mando un messaggino: «E adesso con chi posso parlare, chi mi può raccontare Braddock?». Mi risponde immediatamente e con sole dieci parole: «Vicky Vargo, alla biblioteca, è davvero brava e sa tutto».

Quattordici anni dopo aver aperto la fabbrica e dopo aver represso nel sangue il primo sciopero, Carnegie, uno degli uomini più ricchi della storia, iniziò a preoccuparsi anche dei suoi operai e cominciò l'attività filantropica per cui è passato alla storia. Il 30 marzo 1889 inaugura a Brad dock la prima Carnegie Free Library, una biblioteca aperta a tutti dove è possibile leggere giornali libri e seguire corsi serali. Dopo questa ne aprirà altre 1678 in ogni angolo degli Stati Uniti, raddoppiando in trent'anni il numero delle biblioteche, una rivoluzione per l'alfabetizzazione e la diffusione della cultura in America. L'edificio destinato a ospitare la biblioteca di Braddock era già imponente, con un corpo centrale a tre piani e due torri con una copertura conica, ma Carnegie non si accontentò e quattro anni dopo la fondazione decise di moltiplicare lo spazio della sua prima creatura: fece mettere dei tavoli da biliardo, nei sotterranei vennero creati immensi spogliatoi e docce per gli operai di ritorno dalla fabbrica, aggiunse un teatro da quasi mille posti, una piscina, un campo da basket al coperto, una pista da bowling e una torre ottagonale che dà alla costruzione l'aspetto di un castello.

Per più di settant'anni la Braddock Carnegie Library rappresentò il centro della vita della città, poi divenne il simbolo della sua decadenza: il tetto cominciò a crollare, i piccioni invasero i piani superiori, la piscina venne prosciugata e saltò l'impianto di riscaldamento. Nel 1974 venne chiusa e si decise di demolirla, ma l'ultimo bibliotecario, David Solomon, un anno prima aveva avuto l'intuizione geniale di iscriverla al Registro nazionale degli edifici storici. I lavori di abbattimento si dovettero fermare e Solomon riuscì a dare vita a un'associazione di amici della biblioteca, convincendo tutti quelli che avevano passato la loro gioventù a leggere, studiare e nuotare in quel «castello» a mobilitarsi. Nel 1978 la acquistarono per la cifra simbolica di un dollaro. Era ridotta in uno stato pietoso, ma dopo cinque anni, nel 1983, riuscirono a riaprire una sala con i libri per bambini e a far ripartire il riscaldamento.

Oggi, mentre la nuova recessione americana si somma alla crisi storica di Braddock, la biblioteca è tornata a essere il luogo della speranza. Appena entri noti due cose: la bacheca degli annunci e i computer. Un intero muro, alla sinistra dell'ingresso, è coperto di volantini: ci sono gli indirizzi dei luoghi dove si possono ritirare i *food stamps*, le tessere distribuite dal governo per comprare cibo e latte, si pubblicizzano corsi di sostegno per ragazze madri, assistenza psicologica, borse di studio, un corso di otto settimane per diventare tecnici ambientali, un centro dove combattere l'obesità dei bambini che seguono un'alimentazione scorretta, ma anche la riunione del mercoledì sera del Club del libro e il cineforum.

I computer sono sei e c'è sempre la fila per poterli usare, vengono considerati l'unica possibilità di evasione e di speranza: servono a cercare annunci di lavoro, a scrivere curriculum e a sognare mentre si naviga su Internet. I ragazzi neri hanno scoperto la biblioteca, hanno iniziato a frequentarla quando Vicky Vargo ha deciso che la nuova funzione sociale di questo luogo non passava più attraverso la carta ma attraverso la rete, ha fatto montare i computer e ha pensato che si dovevano prestare non solo i libri ma anche i film. Sui tavoli che hanno più di cent'anni solo un vecchio signore bianco rispetta la tradizione e sfoglia un'enciclopedia, gli altri sono qui per curiosare tra gli antichi scaffali della libreria che ora contengono 20mila dvd: si possono prendere gratuitamente per una settimana.

La direttrice visionaria è nella sua stanza, con lei lavorano solo tre persone e la bibliotecaria che sta all'ingresso è abituata alle sfide complicate: è una reduce della guerra in Iraq. Vicky Vargo è nata qui, ma se ne era andata presto a Pittsburgh per studiare e poi lavorare in una compagnia di ingegneri. Da otto anni è tornata e questo luogo è diventato la sua vita. Ha passato i cinquanta, ha i capelli corti biondo rossiccio e porta sempre maglioni a collo alto, non può credere che qualcuno sia venuto da New York per farsi rac contare questa storia.

Mi fa fare tutto il giro. Prima andiamo nelle sale per i bambini dove i libri si possono leggere ma anche comprare per 25 centesimi di dollaro: «Così li possono sfogliare a casa la sera, prima di dormire». Poi mi porta a vedere la piscina: non c'è l'acqua ma le piastrelline del fondo sono tutte al loro posto. Mentre spegne la luce sospira: «Ci vorrebbe un milione di dollari per metterla a posto e riaprirla. Conosci nessuno così matto da voler passare alla storia come il benefattore dei bambini di Braddock?». Saliamo le scale fino al museo delle guerre franco-indiane, ma il pezzo forte è il teatro, quando accende le luci resto senza parole: è bellissimo, non si può immaginare cosa si nasconda nel cuore di questa città. Ha mille posti a sedere, un loggione sostenuto da sottili colonnine, un palco grande e profondo Quando provo a sedermi in una delle sedie di legno verdi mi rendo conto però che tutto appartiene a un altro secolo, quando gli americani erano piccoli e magri. «È vero, oggi quasi nessuno ci entra» mi spiega Vicky, che ha già comin ciato a sostituire le prime file con sedili larghi quasi il doppio. Lo usano per le recite scolastiche, e vengono 500 persone, per ospitare spettacoli teatrali, qui gli spettatori sono un centinaio, e per la rassegna di cinema. «Sono venuti solo in venti.» Le chiedo quale fosse il primo film proiettato: «*Arusi, matrimonio persiano*, della regista iraniano-americana Marjan Teherani: fa parte di un ciclo per i giovani dedicato allo scontro di civiltà». Penso che non poteva scegliere un modo più difficile di cominciare, ma non faccio a tempo a commentare che già mi ha portato nei sotterranei, dove un tempo c'erano le docce. Qui ha aperto un laboratorio di ceramica, ci sono i forni, i tavoli da lavoro e vasi da tutte le parti: «Facciamo i corsi e due volte alla settimana l'ingresso è aperto a tutti per l'intero pomeriggio. È sempre pieno». È orgogliosa della sua biblioteca, di quanta vita ci sia qui dentro, in mezzo a tanta distruzione.

Le chiedo di parlarmi di John, dei risultati del sindaco, e il suo giudizio è contrastato: «Ha attirato molti artisti e molta attenzione, ci ha fatto buona pubblicità, ma non so quanto resterà di tutto questo. È molto difficile vivere qui, adesso è appena arrivata una coppia di trentenni dall'Alaska, hanno comprato una casa per 5000 dollari, sono curiosa di vedere quanto resisteranno. Ma devo dare atto a John di essere la persona più propositiva che io abbia mai incontrato, ci ha portato nuova energia e nuovi punti di vista». Le chiedo se verrà rieletto. «Probabilmente, ma non è certo.» Non posso credere che questa città devastata si possa permettere di cacciare l'uomo che le sta dedicando la vita. «Il cambiamento, il "Change" di cui si parla tanto oggi in America, a volte è molto difficile da accettare e la gente è gelosa delle proprie abitudini, anche di quelle che non funzionano, si affeziona ai propri vizi e difetti. C'è gente che non sopporta che sia uno venuto da fuori a dirci come dobbiamo fare. Ma io lo ammetto, oggi la città è migliore, ha ricominciato a vivere anche grazie a diverse associazioni di volontariato: c'è finalmente un asilo dove vanno cinquanta bambini, un servizio di pulmini che fa la spola tra le case popolari e gli autobus per Pittsburgh e che ha permesso a tutti quelli che non hanno la macchina di uscire dall'isolamento. E poi c'è l'"urban farm", l'orto realizzato tra la chiesa e la sede dei sindacati, grazie al sostegno economico di un'associazione di Pittsburgh, dove ognuno può andare liberamente a raccogliere la verdura».

Sono ormai le tre del pomeriggio, le chiedo dove posso andare a mangiare: «L'unico posto aperto è la caffetteria dell'ospedale, non esiste nessun altro luogo dove trovare un panino o un'insalata. Oppure devi andare in un'altra città». Mi sembra il segno più drammatico del destino di questo luogo: il cibo si trova solo all'ospedale. Quella sera, arrivato a Pittsburgh, accendo la televisione per vedere Mayor John ospite al «Colbert Report», e lui subito risponde alla mia domanda: «Sono venuto qui per fare un appello: a Braddock non abbiamo ristoranti, bar o fast food, non c'è un luogo dove mangiare in città, stiamo cercando di fare una cosa abbastanza semplice: portare una catena di quelle che fanno panini, per creare lavoro per i giovani e anche semplicemente per avere un posto dove andare a pranzo».

Prima di andarmene prendo coraggio e faccio un'ultima domanda a Vicky, anche se so che potrei sembrarle indiscreto: «Avevi un lavoro, abitavi a Pittsburgh, vivevi bene, ma perché sei tornata qui? In questo posto che francamente è terribile?». «Ci ho pensato molto e la risposta è che sono tornata dopo la morte dei miei genitori, perché ho capito che questo era l'unico luogo in cui mi sentivo a casa. C'è un momento nella vita in cui cerchi un centro a cui ancorarti e io l'ho trovato qui. Mi sono comprata una villetta, ho ritrovato degli amici e ho ricominciato.» Scuoto la testa: «Ma intorno a te c'è il nulla». «Se vivi qui vedi i cambiamenti, ti accorgi anche di quelli più piccoli che per voi che venite da fuori sono invisibili. Mi piace che la gente mi saluti per la strada, tutti sanno chi sono e i bambini mi riconoscono: sono la signora dei libri».

Il sindaco John Fetterman spera di essere rieletto, di riuscire a far aprire un bar, di convincere altri artisti a trasferirsi, di portare soldi e piccole aziende. Proclama ad alta voce i suoi progetti e non si arrende. La signora dei libri invece combatte una battaglia silenziosa, e ogni sera porta a casa il suo risultato: dieci donne hanno cotto i loro vasi nel forno, venticinque bambini hanno letto le favole, venti ragazzi hanno visto un film iraniano.

Mentre me ne sto andando da Braddock continuo a pensare a Vicky Vargo, alla sua capacità di seminare in una terra impossibile, alla sua fede nel raccolto. Allora decido di fare un altro giro e di riguardare tutto con i suoi occhi: vedo il campo da basket con sei canestri completi di retina dove prima c'era un parcheggio abbandonato; due operai che stanno riempiendo delle buche sulla strada; l'asilo «Four Kids», con tutti i disegni sulle finestre, che prende i neonati e li porta fino alla prima elementare insegnandogli anche a leggere; tre case in ristrutturazione; la nuova ala dell'ospedale dell'università di Braddock dove faranno radiografie ed ecografie; la vecchia chiesa sconsacrata che diventerà un centro civico; l'orto aperto a tutti, dove si possono prendere i pomodori per l'insalata. Capisco la forza e la speranza dei «piccoli cambiamenti».

Sono passate sei settimane dalla mia visita a Braddock quando una mattina presto a Istanbul, alla fine del primo viaggio all'estero di Barack Obama, il suo guru David Axelrod dice a noi giornalisti che lo abbiamo seguito di calmarci, di essere pazienti, perché altrimenti non riusciremo a capire nulla di quello che sta accadendo oggi in America. Sta parlando di Obama, del «Change» promesso, ma a me sembra si stia riferendo a Vicky Vargo e a Braddock: «Prima si semina, poi si coltiva e solo alla fine si raccoglie. Abbiate pazienza, il raccolto arriverà».

II

Una scatola di matite

«La gente pensa che il destino sia segnato, che il tuo ruolo nel mondo sia già scritto e che tu debba rassegnarti a vivere la vita che ti è toccata in sorte. Così molti stanno fermi, non si muovono, accettano quello che accade e aspettano. Il giorno in cui sono stato capace di leggere ho avuto la fortuna di incontrare *Aspettando Godot* di Samuel Beckett e mi è stato chiaro cosa non volevo essere.»

Jawad sta per compiere 24 anni, ha avuto soltanto questo nome, che significa «ragazzo generoso», fino a dieci anni fa, quando i suoi insegnanti a Kabul decisero che era ora di avere anche un cognome. Scelsero «Joya», che significa «esploratore» o anche «persona curiosa». «Così io, che prima ero solo Jawad il figlio di Mohamed o Jawad di Kalaii Khater, il mio quartiere, sono diventato Jawad l'Esploratore.»

«Nelle mie fantasie e nei miei sogni avevo scelto l'America perché qui la gente crede che si possa cambiare il proprio percorso, che una mattina ci si possa alzare e ricominciare con un nuovo piano. Ho avuto la possibilità di andare a Oxford con una borsa di studio, ma ho scelto gli Stati Uniti perché ho pensato che fosse possibile integrarsi meglio e che non sarei stato trattato come un diverso. Però non mi sarei aspettato di vedere un presidente afroamericano.»

La storia di Jawad l'Esploratore è una delle più incredibili che abbia mai incontrato. Me l'ha regalata Paolo Rumiz, inviato della «Repubblica» in luoghi di guerra, di pace o dimenticati. Un giorno da Trieste mi ha mandato una mail a New York che diceva soltanto: «Dovresti andare a cercare Jawad Joya, sta per laurearsi in Indiana, se lo trovi avrai tra le mani una storia meravigliosa».

La storia che finalmente ho trovato a Washington, dopo mesi di appuntamenti mancati, narra di un bambino poliomielitico, incapace di stare in piedi, completamente analfabeta fino a 13 anni, che per amore di una cartella e di una scatola di matite colorate riesce a convincere un medico a farlo studiare e a farlo camminare. Racconta di come il ragazzino abbia bruciato le tappe a una velocità mai vista, tanto da riuscire in meno di dieci anni a imparare quattro lingue, a essere capace di programmare un computer, a superare le scuole elementari, le medie, il liceo, ad approdare con un aereo militare in un college europeo e poi a laurearsi in un'università americana. Tutto questo me lo racconta lui stesso in un ristorante libanese di Washington, mentre al telefono lo chiama un senatore degli Stati Uniti, che gli chiede conto di una relazione sull'Afghanistan che sta preparando per il presidente Barack Obama. Sarebbe da non crederci se non fosse tutto documentato, testimoniato e se l'energia potente che può nascere dalle difficoltà non mi inondasse mentre mi abbandono agli antipasti che continuano a mettere sul tavolo e al cosciotto di agnello.

«Sono nato il 23 maggio 1985 a Kabul, da una famiglia di musulmani sciiti di etnia turca. Quando avevo un anno mi sono ammalato di poliomielite, i miei genitori erano settimane che discutevano se vaccinarmi o no: allora l'Afghanistan era la frontiera più avanzata della Guerra Fredda, i mujaheddin predicavano di non farlo perché i russi attraverso il vaccino mettevano nella testa dei neonati idee sovietiche. La verità è che nel mio quartiere due bambini erano stati molto male dopo l'iniezione, i miei si erano spaventati e stavano andando in giro a chiedere consiglio quando mi sono ammalato e sono entrato in coma.»

Mi parla seduto su una sedia a rotelle rossa, supertecnologica, che guida con un joystick e ogni sera ricarica «insieme al cellulare». Mentre racconta muove molto le mani, ha occhi nerissimi e due lunghe basette. Veste con una cura un po' italiana: ha una camicia Brooks Brothers e un giubbotto di pelle scamosciata.

«Nessuno pensava che sarei sopravvissuto e invece dopo un mese sono uscito dal coma perché ero un bambino robusto, ma non ero più in grado di stare seduto e nemmeno di mangiare con le mani. Ho vissuto circondato di cuscini e mi hanno imboccato per molto tempo, non c'era stato nessun danno cerebrale ma si rassegnarono al fatto che non sarei mai riuscito a stare in piedi. Quando avevo 12 anni mia madre mi portò all'ospedale ortopedico della Croce Rossa Internazionale diretto da Alberto Cairo, voleva chiedere se avevano una carrozzina».

«Me lo ricordo benissimo» racconta il medico italiano al telefono quando a Kabul è l'alba «la madre lo portava sulle spalle, sembrava avere dieci anni, ma qui a nessuno sai davvero dare l'età, ed era completamente ripiegato su se stesso. Non riusciva nemmeno a distendere le gambe tanto era contratto da anni di immobilità. Noi però ci occupavamo solo di feriti di guerra e le dissi che non potevamo fare nulla per suo figlio. Ma la madre restava lì, mi fissava negli occhi e diceva che non si possono fare differenze tra malati. Era così forte e tranquilla che ci convinse a cambiare la nostra politica.» Così lo operarono due volte, poi gli misero dei sostegni per le gambe e gli fecero fare sei mesi di gessi, fisioterapia ed esercizi, alla fine imparò a stare in piedi e a camminare con i supporti di metallo alle ginocchia e le stampelle.

«Avevo imparato a camminare, forse avrei potuto imparare anche a leggere e scrivere. Mio padre mi aveva portato a scuola solo due volte, ma non mi avevano accettato con queste parole: "Ci piacerebbe averlo perché è sveglio, ma non abbiamo una sedia o un tavolo per lui e se arrivasse un missile o una bomba, gli altri bambini potrebbero scappare ma lui rimarrebbe intrappolato". Così fino ai 13 anni non mi vollero a scuola.» Ormai la cosa lo fa sorridere, il fatto che per oltre sette anni sia stato rifiutato dalla scuola con pretesti e scuse, che non venisse considerato meritevole di un'educazione, non lo indigna più, anzi, sembra rendere la seconda parte della storia ancora più eroica e speciale. Quando parla e ricorda è talmente concentrato a non dimenticare alcun dettaglio che non mangia nulla. Si ferma soltanto per bere, e per farsi portare un altro succo di mango.

«A quel punto, ho pensato che non era più tempo di aspettare Godot, era tempo di agire. Così ho deciso che avrei imparato a leggere e scrivere il persiano. Quello che ti dico forse ti farà ridere, ma per me è stato un percorso incredibile: prima ho scoperto che c'era un alfabeto e un numero limitato di lettere: erano 36 e non milioni, si potevano imparare e poi le potevo combinare per fare le parole. Mi è venuta una curiosità pazzesca, non pensavo ad altro e in due mesi ho cominciato a leggere. Allora ho pensato che si poteva fare con altre lingue, che era un gioco che potevo ripetere e ho cominciato con l'inglese: memorizzavo parole, poi frasi e ho convinto mio padre a comprare le batterie e a farmi ascoltare la Bbc sulla radio a onde corte. Da ormai due anni c'erano al potere i talebani ed era vietato, se mi avessero scoperto avrebbero distrutto la radio e messo in galera mio padre. E poi l'atmosfera era pesantissima, studiare era considerato un gesto provocatorio e una cosa inutile: "Perdi tempo e cervello," mi ripeteva chi sapeva che stavo cercando di imparare «non vedi i ragazzi laureati agli angoli delle strade che vendono patate e carote?".»

Siamo in un ristorante spazioso che si chiama Taverna Libanese: è il suo preferito perché il proprietario è scappato dalla guerra civile negli anni Settanta e ha fatto fortuna in America, e perché l'atmosfera è mediorientale, si può stare seduti per ore a parlare senza che i camerieri ti facciano fretta o ti chiedano di liberare il tavolo. Così dopo quasi un'ora ci portano gli antipasti, che non avrà tempo di toccare, e solo quando arriva l'agnello mi racconta l'incontro capace di cambiare una vita: con una scatola di matite colorate. «Alla Croce Rossa incoraggiavano i genitori a far studiare i bambini e c'erano dei bellissimi zainetti pieni di matite, penne, colori, quaderni. Io ho chiesto se era possibile averne uno: "Per chi sono?". "Solo per chi va a scuola." Sono tornato a casa e ho cominciato a fare pressioni fortissime su mia madre perché mi accompagnasse a scuola un'altra volta, anche se avevo 13 anni. La tormentai con le mie richieste finché una mattina cedette, mi caricò sulle spalle e facemmo il giro di tutte le classi e gli insegnanti, ma subito cominciò il solito balletto: "Non abbiamo una sedia adatta, un banco per lui, se succede qualcosa non è in grado di scappare...". Mi dissero di nuovo di no. Ero tristissimo e davvero arrabbiato: volevo lo zainetto e quelle matite e mi sfogai con il mio fisioterapista, poi tornai all'attacco di mia madre. Lei allora si presentò di nuovo da Cairo.»

«Ricordo questa donna dalla faccia tonda,» mi ha raccontato il medico italiano «che con un tono tranquillo ma assai insistente mi disse: "Le gambe di mio figlio sono guaste ma non il suo cervello. Lo hanno rifiutato ancora a scuola ma lui deve studiare, deve studiare, deve studiare". Io ero molto scettico, ma i miei collaboratori mi convinsero e con dei soldi privati ci mettemmo a cercare un maestro che andasse a domicilio.»

Quando parla di Cairo gli occhi di Jawad si illuminano, ha una gratitudine immensa per il fisioterapista italiano che gli ha dato la possibilità di riscattare una vita e ha sempre trovato i modi, le soluzioni e le parole giuste per farlo: «Trovò un insegnante privato che cominciò a venire a casa. Per prima cosa mi fece un test per vedere cosa sapevo e scoprì che, grazie a quello che avevo imparato da solo, potevo partire dalla terza elementare».

Comincia un percorso incredibile: il maestro fa lezione a Jawad per tutta la mattina sei giorni alla settimana e in sei mesi finiscono le elementari. Con l'inizio delle medie le cose si complicano: ci sono chimica e algebra e allora Alberto trova un professore di scienze e uno di matematica da affiancare al maestro. «Andava così veloce» racconta Cairo «che dovevamo cambiare gli insegnanti perché non riuscivano a stargli dietro.» «Volevo recuperare tutto il tempo perduto, avevo solo quello in testa e allora il maestro, ogni pomeriggio, aggiunse anche l'inglese. Avanzavo un po' più lento, recuperavo un anno ogni quattro mesi, ma a metà del 1998 ho finito anche le medie. A quel punto Alberto mi manda a un corso di computer.» Mentre lo racconta scoppia a ridere e finalmente si ferma ad assaggiare il cosciotto d'agnello che è in tavola da mezz'ora e che stavo mangiando da solo: «Non puoi nemmeno immaginare come fossero i computer al tempo dei talebani: completamente censurati, senza foto e senza immagini. Ho imparato presto a usare i programmi e a scrivere un semplice software e mi ero messo in testa di diventare un programmatore. Finché una sera Alberto, mentre mi stava dando un passaggio in macchina, si fermò di colpo e mi disse: "Bacha, ragazzo, sto cercando un operatore di computer per l'ospedale, vuoi venire tu a lavorare per me?". "Sììì!" "Allora presentati domani mattina per un colloquio"». Così nel 1999, a soli 14 anni, Jawad venne assunto con un contratto part time e diventò il più giovane dipendente della Croce Rossa Internazionale. «Lavoravo ogni mattina, ma continuai a studiare al pomeriggio. Pochi mesi dopo se ne andò il programmatore che lavorava da noi, così mi promossero a responsabile di tutto il sistema informatico della Croce Rossa in Afghanistan». Il ragazzo poliomielitico, che fino a due anni prima era analfabeta, con il suo stipendio riesce a mantenere l'intera famiglia: i genitori, tre fratelli più piccoli e una sorella. È l'unico a lavorare e ora la loro vita dipende da lui. Ma la situazione si fa sempre più pericolosa: «Studiavo geografia, inglese, computer, ma non i libri di religione che ci venivano imposti e lavoravo al sistema informatico di un'associazione straniera: se i talebani lo avessero saputo mi avrebbero accusato di cooperare con gli infedeli e saremmo finiti tutti in prigione. Ma valeva la pena correre questo rischio, e poi non volevo che la paura potesse decidere che tipo di vita dovevo vivere».

Quando i talebani scapparono da Kabul, nel quartiere di Jawad si fece festa: «Erano tutti felici e io più di loro: potevo finalmente imparare tutto quello che volevo senza avere paura, e senza nascondermi, e cercare di far riconoscere i miei studi». Poi una mattina, nello stesso isolato dove abita la famiglia di Jawad, arrivò un missile americano in cerca di talebani o uomini di Al Qaeda: «Distrusse completamente tre case, uccise tredici persone, due erano ragazzine e due erano bambini, lontani parenti di mio padre. Una cosa orribile che sconvolse tutti, la gente ripeteva: "Ma allora siamo tutti nemici, meritiamo di morire solo perché abbiamo la colpa di dormire accanto a un talebano"». Il ragazzino sulla sedia a rotelle registrò tutto nella sua testa, i pianti, la rabbia, l'inutilità del gesto: tra i cadaveri estratti dalle macerie non si trovò nessun talebano. Memorizzò tutto, si fece la sua idea, aspettò con pazienza e un giorno di sette anni e cinque mesi dopo trovò la persona giusta a cui spiegare perché l'America non riesce a conquistare i cuori e le menti del popolo afghano: l'ammiraglio Mike Mullen, l'ufficiale più alto in grado tra i militari a stelle e strisce. «Dovete trovare un modo» gli disse con molta franchezza «per smettere di ferire e uccidere la popolazione civile. Non ci si può giustificare con gli errori umani e ripararsi dietro la buona fede, non perché è sbagliato, ma perché così non avrete mai il popolo dalla vostra parte.»

«Nella Kabul dei missili ma anche della rinascita riuscii ad andare a parlare con il ministro dell'Educazione del governo provvisorio: raccontai la mia storia e chiesi di poter essere ammesso agli esami per ottenere il diploma perché volevo iscrivermi all'università. Mi rispose che non si poteva: "Nessuno lo ha mai fatto nella storia di questo Paese, non ci sono precedenti". Non lo accettai: "Ma come, prima mi avete impedito di andare a scuola e adesso mi volete fermare un'altra volta?". La discussione si accese finché decisero di chiedere a un liceo di Kabul di preparare una sessione speciale in cui avrei sostenuto gli esami dalla prima elementare fino all'ultimo anno della scuola superiore: dal punto in cui mi fossi fermato avrei dovuto ricominciare a studiare, ma questa volta in una scuola vera. Gli esami si tennero nel marzo 2002 all'istituto Amani, in quella che un tempo era stata la culla delle élite della città. Superai undici anni di scuola in due settimane di interrogazioni e alla fine mi chiesero di frequentare solo l'ultimo anno».

Dopo tre mesi di liceo, un altro incontro che gli cambia la vita, con il giornalista italiano Paolo Rumiz. «Un pomeriggio, mentre ero nella hall di un albergo ad aspettare una corrispondente di guerra a cui davo le lettere che avevo il vizio di scrivere alle organizzazioni culturali europee per avere contatti e fare amicizie, mi trovo in mezzo alla lite tra il portiere e uno straniero che ha in testa il pakol, il cappello di lana di agnello infeltrita che usava il comandante Massud. Non si capiscono, uno parla solo persiano, l'altro inglese, mi intrometto. "Ma cosa vuole quest'uomo?" dice il portiere. "La chiave, solo la chiave della stanza, devo scrivere il pezzo per il giornale e questo non capisce." Allora il portiere mi spiega che l'uomo che tiene le chiavi è uscito ed è andato a fare la spesa, che bisogna aspettare che torni. Il giornalista si arrabbia ancora di più, è appena arrivato da Jalalabad, poi però si incuriosisce e si mette a parlare con me.»

Chiamo Paolo Rumiz a Trieste per chiedergli come la ricorda lui: «Volevo capire chi era questo ragazzo afghano su una sedia a rotelle che aveva uno straordinario sorriso leale, una dolcezza di approccio e un inglese fluente che erano stupefacenti in quel mondo».

«Tutti dovevamo aspettare» riprende Jawad «e allora ci mettiamo a parlare, con tale intensità che Paolo nemmeno si accorge che l'uomo delle chiavi è tornato: gli racconto la mia storia e parliamo della guerra per più di tre ore e poi mi chiede di presentargli Alberto Cairo.» Paolo resta a Kabul per un mese, si vedono spesso, quando Jawad viene a sapere che sta per ripartire va a salutarlo: «Mi ricordo che era pieno inverno» racconta Rumiz «e lui mi aspettava in un angolo del cortile, nell'unico punto in cui c'era il sole:

aveva soltanto la camicia addosso, faceva un freddo terribile ma sorrideva come sempre».

«L'ho salutato» ricorda il giovane afghano «e mi ha detto: "Addio Jawad, torno in Italia, ma prima voglio sapere qual è il sogno della tua vita, dimentica i problemi e dimmelo". Gli rispondo che mi piace la filosofia e voglio andare all'università, ma quella di Kabul è distrutta e i libri della biblioteca, durante il regime dei talebani, sono stati usati per fare il fuoco con cui si bolliva l'acqua per il tè. E poi sarebbe impossibile entrarci con la sedia a rotelle. Mi piacerebbe andare in un college americano ma non so proprio come fare. Lui mi promette che ci penserà.»

«Aveva questo desiderio di un'educazione anglosassone,» alza la voce Paolo «ho provato a cercargli un college in Inghilterra e negli Stati Uniti, poi mi sono reso conto che aveva l'età giusta per il Collegio del Mondo Unito dell'Adriatico e mi sono fiondato a Duino, poco fuori Trieste, a parlare con il direttore, dicendogli che era una bella sfida anche per loro quella di avere uno studente afghano, subito dopo l'11 settembre e per di più con un handicap grave. Accettano con coraggio ma a quel punto, se devo dire la verità, ero io a essere veramente preoccupato per il trasferimento e per lo choc culturale che poteva avere nel passare dalla Kabul dei burka alle ragazze mezze nude delle spiagge adriatiche.»

Tre mesi dopo, Alberto aspetta Jawad all'ingresso della Croce Rossa con una lettera in mano: «Bacha, ho buone notizie per te, Paolo scrive che ha trovato il posto giusto: a Trieste, avresti anche la borsa di studio. Dice che è un'ottima scuola, che è molto difficile essere ammessi ma tu devi provare». «Ero felice anche se fino ad allora ero stato solo per pochi mesi a scuola e non avevo idea di cosa volesse dire.»

Il Collegio, che è una scuola di specializzazione pre-universitaria, mette in piedi una commissione che lo interroga a Kabul e lo accetta dopo tre mesi: «I miei genitori erano talmente orgogliosi che non stavano più nella pelle, avevo solo 17 anni, non ero mai uscito da Kabul ma adesso sarei andato a studiare in Italia». Ma come andare a Trieste se sembrava impossibile anche soltanto arrivare in Pakistan? La soluzione gliela trova Cairo insieme all'ambasciatore italiano e alla Farnesina. Parlano con il contingente italiano della missione Isaf, chiedono di poter mettere Jawad su un aereo militare quando portano a casa i soldati. Lo accettano, ma l'ambasciata a Kabul non è in grado di dargli il visto e Jawad dovrà prenderlo al primo scalo che è Abu Dhabi.

«La mattina che dovevo partire è venuta sotto casa a prendermi la Toyota Land Cruiser della Croce Rossa, una vettura simbolo per la gente di Kabul. Tutto il quartiere era corso a vedere, venivano a salutarmi: "Jawad ce l'ha fatta, Jawad parte" gridavano dalle finestre. Non avevo mai visto mio fratello piangere, non avevo mai visto tanta gente intorno a me.» Mentre racconta, suona il cellulare: è il fratello da Kabul, parlano per pochi secondi, poi gli dice «Ti richiamo stanotte», come abitassero a pochi isolati di distanza. «Poi sono arrivato alla Croce Rossa e lì c'era un'altra folla ad aspettarmi e la jeep dei militari pronta per caricarmi. È stata un'emozione fortissima, mi sono alzato sulle stampelle per salutarli, mentre un cameraman della Rai riprendeva tutto. Io avevo paura dell'aereo, non avevo mai volato, e la prima volta sarebbe stato su un Hercules C130, l'aereo più rumoroso che esista. Alberto cercava di scherzare per distrarmi: "Bacha, non è che hai riempito la valigia d'oppio, visto che voli con i soldati e non avrai controlli?". Avevo soltanto due borse con i miei libri e pochi vestiti. All'aeroporto due militari mi presero in consegna: "Devi stare con noi fino a Brescia, dove troverai quelli del tuo collegio". Sull'aereo c'erano sessanta soldati italiani con la mimetica, io ero l'unico in abiti civili e senza visto. Ad Abu Dhabi riesco ad avere il visto e posso salire su un volo dell'Air One che arriva a Brescia alle due e mezzo di notte: c'erano tre persone con le magliette del college ad aspettarmi. Arriviamo a Trieste che c'è già il sole, mi portano in camera e crollo addormentato, sfinito dalla stanchezza, dalla tensione e dalle emozioni. A un certo punto sento *casino*,» questo lo dice in italiano «allora apro gli occhi e la stanza è piena di gente curiosa di vedere questo nuovo arrivato dall'Afghanistan. Io allora sapevo dire solo "ciao" e non capivo come fosse possibile avere una sola parola per "hallo" e "bye bye", per il momento in cui ci si incontra e quello in cui ci si lascia.»

«Le mie preoccupazioni» chiosa Paolo Rumiz «erano state inutili: Jawad si ambientò perfettamente, viveva in una piccola dépendance proprio sotto il castello dove Rilke scrisse quasi cent'anni fa le *Elegie duinesi*, e aveva una capacità enorme di fare amicizie. Il suo handicap non era qualcosa che usava per trovare comprensione, ma la fonte di una forza smisurata che veniva dall'orgoglio per le sue conquiste.»

Jawad viene adottato dalla triestina Sonia Dukcevich, che produce prosciutto a San Daniele, e che lui considera quasi come una madre: «Mi si è avvicinata e mi ha detto: "Non sei solo in Italia, la mia famiglia sarà la tua". È stata di parola».

Jawad rimane a Trieste per due anni, poi fa domanda di iscrizione in sette college e gli rispondono di sì in sei. «Ho scelto di non restare in Italia perché le università non erano abbastanza accessibili per una persona che si muove con la sedia a rotelle. Qui invece è diverso, mi posso muovere in modo semplice e indipendente.» Mi accorgerò alla fine del nostro incontro di quanto questo sia vero e determinante.

Così attraversa l'Atlantico e sceglie l'Earlham College, una piccola università fondata dai quaccheri a metà dell'Ottocento a Richmond, Indiana, dove studia sociologia, antropologia ed economia, tutto con una borsa di studio americana. «Un luogo magico, una comunità aperta che mi ha accolto subito, dove tutto è accessibile e la gente crede nel valore di imparare insieme.»

Rumiz mi aveva raccontato della capacità incredibile e del metodo con cui Jawad raccoglie contatti, crea rapporti e tiene in piedi un'agenda impressionante. La sua biografia degli ultimi anni ne è la dimostrazione. Nel 2007 lavora per tre mesi al Congresso con Evan Bayh, senatore democratico dell'Indiana, si scambia mail con il senatore dell'Illinois Barack Obama; poi lavora con la banca Ubs America a Philadelphia e ora collabora a un progetto di ricerca sul futuro dell'Afghanistan insieme a Lee Hamilton, ex deputato dell'Indiana, già presidente della Commissione d'inchiesta sull'11 settembre e del Wilson Center for International Scholars. Il lavoro di Jawad si concentra sulla necessità di un forte programma economico che accompagni l'aumento delle truppe voluto da Obama: «Altrimenti mandare più soldati non serve a nulla. Se non parte e non funziona un piano di aiuti economici ci sarà un altro 1979, con la fuga finale dei sovietici. Ma bisogna tener presente che il 68 per cento della popolazione afghana ha meno di 26 anni: sono 25 milioni di persone, per quasi metà uomini, che possono essere un esercito per il bene o per il male. Se la situazione precipita, questo diventa un serbatoio per i fondamentalisti, i talebani e Al Qaeda» La sua relazione è arrivata alla Casa Bianca, Jawad non sa se sia finita in qualche modo in quella pila di documenti che per quasi tre ore Obama legge ogni mattina tra le sette e le dieci. Gli ha ritelefonato però l'ammiraglio Mullen, che lo ha ringraziato e ha detto di aver fatto leggere il documento a tutti i suoi analisti, anche se le critiche erano aspre, anche se il ragazzo pensa che «l'operazione Afghanistan è stata portata avanti in un modo orribile: senza un piano per la ricostruzione, ignorando i bisogni della popolazione, con un atteggiamento irritante e inaccettabile». «Oggi l'unica cosa che può e deve fare l'America» il suo tono adesso è secco e formale «è aiutare la gente normale a vivere una vita normale, a tirarsi fuori, ma devono ascoltarla, mettersi dalla sua parte.»

Jawad lavora per questa organizzazione non profit per mezza giornata: «Trovare un lavoro a tempo pieno in questo periodo negli Stati Uniti è come cercare il pesciolino Nemo». La battuta gli piace e la sottolinea con la sua risata aperta e contagiosa, una risata fragorosa che riempie il ristorante.

Gli chiedo cosa voglia fare da grande: «La mia filosofia è quella del *fixer*, il riparatore: se c'è qualcosa che non funziona bisogna trovare cos'è, cosa manca e risolvere il problema. Ecco, vorrei fare questo nella vita, magari nel mio Paese, lì le cose che non funzionano non mancano certo... Avrai capito che la mia attitudine non è di lamentarmi o aspettare l'intervento di Dio o dello Stato. Certo, puoi anche passare la vita a piangerti addosso, ma non vai da nessuna parte».

Ha parlato per tre ore, abbiamo perso il senso del tempo, il ristorante è deserto, ma nessuno è venuto a sollecitarci allungando il conto. Si mette una sciarpa a scacchi gialla e azzurra e dobbiamo discutere su chi debba pagare, alla fine mi lascia fare solo perché gli dimostro che ho mangiato quasi tutto io, ma non è convinto: «Hai ascoltato la mia storia per tutto questo tempo e adesso vuoi anche pagare?». Mentre ci alziamo mi chiedo come faccia adesso ad andare a casa, sono pronto ad aiutarlo e invece mi troverò a inseguirlo per strada mentre corre a zigzag sulla sua carrozzella rossa. Camminando con lui vedo Washington con altri occhi e mi rendo esattamente conto di cosa intendeva dire quando parlava di vivibilità: il marciapiede è largo, a ogni angolo ci sono le discesine, alla stazione della metropolitana c'è l'ascensore che ti porta al mezzanino per timbrare il biglietto, poi un altro ascensore scende ai binari, le porte dei treni sono larghe e a bordo c'è lo spazio per sistemarsi, gli autobus che lo porteranno a casa a Leesburg in Virginia hanno tutti la pedana elettrica per sollevare le carrozzine. Si muove senza problemi, in modo naturale. «Ho scelto l'America perché qui se una cosa non va c'è la speranza che cambi: i neri cinquant'anni fa non votavano, oggi uno di loro abita nella casa più importante di Washington. Questo Paese evolve, permette il cambiamento e ha esempi grandiosi: il mio preferito è Franklin Delano Roosevelt, ha aiutato la gente normale a fare cose straordinarie.»

Saliamo sulla metropolitana e mi dice che si aspetta di ricevere una telefonata dalla Casa Bianca, qualcuno che gli dica che ha letto la sua analisi sull'Afghanistan. Io sorrido e faccio la faccia di chi suggerisce di non farne una malattia, che la cosa quasi certamente non si realizzerà. Lui fa segno di no con la testa: «Ma perché non devo osare, ma perché non devo sperare, ho fatto cose che i ragazzi del mio quartiere nemmeno si permettevano di immaginare, le ho fatte passo dopo passo, perché devo mettere un limite adesso?» Provo un misto di vergogna per aver dubitato e soddisfazione per la sua fede contagiosa nella vita. Lui parla ancora ma non lo sento, sono troppo concentrato a guardarlo e a pensare che il ragazzo che sta correndo con me nella pancia della capitale d'America, che scrive i suoi appuntamenti sul BlackBerry, che frequenta gli analisti più potenti di Washington, solo dieci anni fa non sapeva nemmeno leggere e non era mai uscito dal suo quartiere.

Quando riprendo ad ascoltarlo, mi dimostra che non è per niente naïf e che il suo idealismo è solido: «Troppi ragazzi pensano che Obama sia un profeta, la soluzione di tutti i problemi. Ma sono in errore, perché lo guardano e vedono la cosa sbagliata, non capiscono che è solo un uomo e non potrà fare miracoli. La forza di Obama, invece, è l'esempio: ci ha dimostrato che non esistono cose impossibili».

Si potrebbe dire che Jawad è stato fortunato nei suoi incontri, ma è pensando a lui che mi è sembrata perfetta quella frase che tanti hanno attribuito a Seneca: «Non esiste la fortuna, esiste il momento il cui il talento incontra l'occasione».

III
Il bisonte bianco

Il 20 agosto 1994 il simbolo della fortuna era arrivato nella fattoria della famiglia Heider, alle porte di Janesville: era nato un bisonte bianco. Un evento rarissimo che la gente del posto sostiene non accadesse dal 1933. Lo chiamarono Miracle e la sua stalla diventò luogo di pellegrinaggio di gruppi di indiani della nazione Sioux, che lo veneravano come un segno sacro di speranza e di armonia. Gli Heider aprirono la loro proprietà, si poteva entrare in qualunque momento e molti si fermavano davanti al bisonte a pregare o a meditare. Miracle sopravvisse dieci anni e per la fabbrica e la città furono tempi d'oro.

Nel 2006, nella stessa fattoria, durante una tempesta di lampi venne al mondo un altro bisonte bianco: lo chiamarono «Miracle's Second Chance», la seconda possibilità del miracolo. Sembrava che l'età dell'oro fosse destinata a non finire. Ma in un'altra notte di lampi, dopo soli tre mesi, venne ucciso da un fulmine. Lo trovarono in cima alla collina riverso sotto un albero, con accanto la madre che lo vegliava.

Di bisonti bianchi non ne sono più venuti al mondo da queste parti.

Non ci sono impronte. La neve di fronte all'ingresso degli operai è intatta. Sotto le quattro bandiere che ancora sventolano facendo rumore, quella a stelle e strisce, quella del Wisconsin, quella del sindacato dell'auto e quella nera che segnala che ci sono americani prigionieri di guerra, non passa più nessuno. Alla vigilia di Natale, la più antica fabbrica della General Motors negli Stati Uniti ha chiuso, ha comunicato con una lettera, fatta trovare a fine turno, che un'avventura durata novant'anni era finita per sempre. Nessuno più voleva quei giganteschi bestioni che per oltre un decennio erano stati l'orgoglio d'America: i suv con quattro ruote motrici e otto cilindri non andavano più di moda, erano diventati la pietra al collo dell'industria dell'auto. Non restava che andare a casa. Non importa che una città e la sua fabbrica avessero vissuto in completa simbiosi per quattro generazioni, che nonni, padri e figli si fossero tramandati il posto alla catena di montaggio, la corsa era finita e la grande fabbrica ricoperta di piastrelline color ocra si doveva fermare.

Sulle porte a vetri sono affisse due lettere, vorrei andare a leggerle ma non me la sento di camminare fin lì, di percorrere quei dieci metri. Mi sembra una mancanza di rispetto: l'ultima neve di fine inverno racconta l'assenza e il vuoto, insieme alle ciminiere che non producono più fumo, e non può essere calpestata. Penso che tutti i giorni qui passavano duemila persone ma da Natale nessuno è tornato, nemmeno a guardare, nemmeno per curiosità, nemmeno perché aveva dimenticato qualcosa. Poi mi racconteranno che il dolore è stato troppo forte: ci sono operai che da tre mesi stanno accasciati davanti alla televisione e non hanno ancora realizzato, insistono che è solo questione di giorni, che la fabbrica riaprirà, che è stato solo uno stop temporaneo, che era tutta la loro vita e non è possibile che sia scomparsa in un giorno.

Faccio il giro dello stabilimento e nel parcheggio trovo una cinquantina di auto, perlopiù vecchi suv, quelli della prima generazione. Significa che dentro c'è ancora qualcuno. Mi avvicino all'ingresso secondario e mi spiegano: ci sono ancora quarantaquattro operai. Sono stati scelti per mettere fine alla vita della fabbrica. Li hanno selezionati perché avevano esperienza come muratori o elettricisti e sono stati ritenuti capaci di smontare i macchinari da salvare e gli impianti che possono essere trasferiti.

Quando avranno terminato il loro lavoro, quando si saranno assicurati che la fabbrica non respira più, allora potranno smettere di lasciare impronte anche loro. A quel punto il parcheggio dei dipendenti sarà perfettamente deserto e il Wisconsin potrà tornare a essere, come sta scritto sulle targhe, «la terra dei latticini».

Mi allontano, ai quattro angoli del primo incrocio tutti i negozi hanno chiuso. È rimasta aperta solo la pompa di benzina della Bp, ma non passa più nessuno. Tra Center Avenue e Rockport Road è fallita l'azienda che produceva mangimi e cibo per animali, sull'ingresso sventola la plastica appiccicata per coprire i vetri rotti; all'angolo di fronte, dei teloni azzurri impediscono di capire che negozio ci fosse; poi ci sono un bar e una sala biliardo. Niente è più in attività, l'unico sopravvissuto è il barbiere, che ancora si produce in un taglio per soli dieci dollari. Le assi inchiodate sulle porte delle case e sulle vetrine dei negozi stanno diventando l'immagine ricorrente di questa America, una sorta di marchio della crisi.

Il 23 dicembre 2008 l'ultima macchina è uscita dalla catena di montaggio della Janesville Assembly Plant, per anni la miniera d'oro della General Motors, capace di produrre

20mila suv al mese. Era una Chevrolet Tahoe nera, un suv con tutti gli accessori e i sedili climatizzati, caldi d'inverno e freschi d'estate, un cinquemila di cilindrata, del valore di 57mila dollari. È diventata subito un simbolo prezioso, l'ultima figlia della fabbrica, l'orgoglio di chi ci lavorava. Così è stata messa all'asta dall'associazione di beneficenza United Way, che ha organizzato una lotteria: 20 dollari per un biglietto, 100 se ne prendevi sei. Ne hanno venduti 11.250 e sono stati raccolti più di 200mila dollari da spendere in progetti per la comunità. L'estrazione è avvenuta il 25 febbraio. Il senatore del Wisconsin, il democratico Russ Feingold, aveva sperato di conquistare la Tahoe per motivi affettivi: suo nonno Max, emigrato a Janesville dalla Russia, aveva comprato il primo camioncino della Chevrolet uscito dalla catena di montaggio, gli serviva per fare le consegne del suo negozio di alimentari, fiori e gelati. Il sogno del senatore era chiudere il cerchio della storia. Invece ha vinto il pensionato Gerald Kinderman, che aveva comprato un solo biglietto alla festa di Natale dei dipendenti della General Motors. Gerald aveva lavorato nello stabilimento per trentasette anni: «È l'ultimo regalo che mi ha fatto la fabbrica, ma ho paura di guidarla questa macchina: non posso rovinarla, nemmeno rigarla, è un pezzo di storia che va conservato».

Sono arrivato qui, dopo aver preso due aerei e aver guidato per un'ora, non per la lotteria e nemmeno per vedere altre case pignorate o negozi falliti – di cui mi sono riempito gli occhi durante la lunga campagna elettorale di Barack Obama e John McCain –, ma richiamato dalla foto di un uomo con i baffi e gli occhialini che, vestito da chef con il grembiule e il cappello, è concentrato a tagliare un cosciotto d'agnello. Era sul «New York Times», la didascalia diceva: Robert Phelps al corso di cucina. Ha lavorato alla Lear, azienda fornitrice di componenti per auto, per tredici anni prima di essere licenziato insieme ad altri novecento. Ha deciso di perseguire il sogno troppo a lungo rimandato di aprire un suo ristorante.

Alla vigilia delle vacanze di Natale, nello stesso giorno in cui è morta Janesville, la Gm aveva chiuso anche una fabbrica di suv in Ohio e la Chrysler aveva fermato il suo stabilimento a Newark in Delaware, dove sono state mandate a casa 1100 persone. Una di loro, David Williams, un gigantesco nero con il fisico da giocatore di football, dopo aver montato il tettuccio sull'ultima Dodge Durango uscita dalla catena di montaggio aveva passato le feste con una sola domanda nella testa: esiste ancora un posto dove le mie capacità di operaio specializzato dell'industria automobilistica possano darmi da vivere? Si era risposto di no, che una stagione dell'America era finita, che era inutile rincorrere un lavoro che se n'era andato per sempre. Allora era passato alla domanda successiva: di cosa c'è bisogno in questo Paese che invecchia, nella mia città popolata di anziani e pensionati? Si è risposto correndo a iscriversi a un corso per diventare massaggiatore e fisioterapista. In pochissimi giorni è stato capace di cambiare vita, ha provato la delusione e lo sconforto della disoccupazione, ha archiviato un quarto di secolo di professione e ha trovato la sua nuova strada. Mi sembrava una storia originale, il gesto avventuroso di un uomo speciale. Poi ho trovato aspiranti cuochi, poliziotti, infermieri, tecnici dei pannelli solari, radiologi e agricoltori biologici. Ne ho trovati centinaia. Tutti nello stesso posto, tutti seduti tra i banchi di una scuola, insieme ai loro figli o ai coetanei dei loro ragazzi.

Tra la fabbrica di Janesville e il BlackHawk Technical College ci sono esattamente nove chilometri in linea retta, un percorso che prevede una sola curva e si può fare in meno di dieci minuti di macchina, ma che costa tantissimo in termini di orgoglio, coraggio e forza di volontà.

Lo hanno affrontato in settecentotrentotto. Settecentotrentotto operai licenziati dalla General Motors e dalle aziende che la rifornivano sono tornati a studiare, si sono iscritti al college per seguire corsi che dureranno due anni, per cambiare vita e carriera, per ripartire da un'altra parte. Per rialzarsi da soli con l'orgoglio di essersi reinventati.

«L'anno scorso» mi racconta il preside «l'età media degli studenti era 27 anni, adesso è cambiata in modo drastico ed è salita a 37.» All'ingresso si mescolano ragazzini rasati a zero con le cuffie dell'iPod nelle orecchie e omoni dai capelli grigi con il cappellino dei Brewers di Milwaukee. L'unica cosa che apparentemente li accomuna sono le felpe di due taglie più grandi con il cappuccio. Ragazzine con gli stivali australiani di pelo e signore sovrappeso dal trucco pesante condividono invece l'amore per le manicure ricercate.

«Hai un buon lavoro e vivi tranquilla, poi ti arriva una lettera e non ce l'hai più. Io sono stata licenziata l'estate scorsa, al primo round, poi a Natale il match è finito per ko al secondo round.» Becky, 38 anni, madre single di tre figlie, ha i capelli raccolti, una tuta nera e occhiali con gli strass, lavorava alla Lear da dodici anni, nel reparto che produceva i sedili per i suv della General Motors, ha un linguaggio spiccio e diretto, lo usa per superare l'imbarazzo o la commozione. «Avevo comprato una casa da cinque mesi, ma la sera della lettera ho capito subito che stava per crollare tutto, che io non mi sarei più potuta permettere la rata del mutuo e che il mercato sarebbe sceso, così la mattina dopo ho chiamato l'agente immobiliare e l'ho messa in vendita. Sono stata fortunata, non sono finita sul lastrico, dopo tredici giorni abbiamo fatto il trasloco e siamo andate ad abitare in una casa in affitto. In sole due settimane la mia vita era completamente cambiata: prima guadagnavo 22 dollari all'ora e alla fine della settimana prendevo un assegno di 880 dollari lordi, adesso ho un sussidio di disoccupazione di 355 dollari la settimana per due anni. Dopo lo choc iniziale mi sono imposta di ricominciare: con tre ragazze in casa di 6, 12 e 17 anni non puoi permetterti di perdere troppo tempo, così ho deciso di tornare a scuola, anche perché finché studio manteniamo tutte e quattro l'assicurazione sanitaria.» Ora frequenta il corso di «Criminal Justice», vuole lavorare nel carcere minorile che hanno aperto da poco in città. Sta seduta all'ultimo banco, accanto al tabellone con gli annunci di lavoro, per adesso le uniche offerte sono per un posto di poliziotto a Las Vegas: «Io studio, ma non ho nessuna garanzia che poi ci sarà posto per lavorare qui».

Mentre parla infila i libri in uno zainetto rosa con i disegni delle fatine, vede che la osservo e sorrido e allora si interrompe: «L'abbiamo comprato insieme con la mia bambina, ci siamo iscritte tutte e due a scuola quest'anno e allora era giusto che avessimo la stessa cartella. Loro tre sono molto orgogliose che io mi sia rimessa a studiare».

Accanto a lei c'è Steve, capelli cortissimi e pizzetto, 34 anni di età e otto di servizio alla General Motors dove si occupava dell'impianto idraulico della fabbrica. È sposato e ha due figli maschi di 8 e 5 anni. «Sono stato licenziato tra i primi, a giugno: è stato un giorno terribile, stavo male, non avrei mai pensato di potermi trovare disoccupato. Per un mese non sono riuscito a farmene una ragione, a trovare una via d'uscita, mandavo curriculum ma nessuno mi rispondeva, per uno con le mie capacità non c'era più lavoro. Poi ho preso il coraggio a due mani e ho detto a mia moglie: "Cosa ne pensi se studiassi per diventare poliziotto? Era il mio sogno da ragazzo, potrei provarci ora, ma non posso e non voglio perdere altro tempo". Lei mi ha detto che mi avrebbe appoggiato, mi sono iscritto subito e i ragazzi alla notizia si sono molto eccitati.» L'idea di tornare a studiare è una possibilità reale per chi ha perso il posto qui, perché i benefit del pacchetto di licenziamento della General Motors, insieme ai fondi dello Stato e a quelli federali, permettono di avere l'assicurazione sanitaria per due anni e garantiscono il pagamento della retta del college, oltre al sussidio di disoccupazione. «Ma adesso Gm è vicina alla bancarotta e per avere gli aiuti federali ha dovuto tagliare i costi e tra quelli c'era anche il mio assegno. Ora ne abbiamo diritto solo per 48 settimane e così tra un mese non avrò più uno stipendio e non avrò ancora finito il primo anno di corso.» Si interrompe, gli viene un groppo in gola e con gli occhi lucidi e la voce che trema aggiunge: «Costi quel che costi ma io voglio finire, voglio diventare un ufficiale di polizia. Abbiamo un sacco di spese, il mutuo e i conti da pagare e io non guadagnerò più nulla per un anno e mezzo, dovremo vivere solo con lo stipendio di mia moglie, ma l'unica possibilità che ho è studiare. Adesso posti di lavoro non ce ne sono e se mollo proprio ora non avrò futuro».

Restiamo in silenzio, a lungo, finché Trisha, ragazza madre anche lei, come Becky, di due bambine di 9 e 6 anni, anche lei operaia alla Lear, non si schiarisce la voce e comincia a raccontare. Si occupava di montare gli schienali dei sedili posteriori dei suv della Gm. «Avevo preso quel lavoro non perché mi piacesse ma perché volevo che mia figlia, che era appena nata, avesse l'assicurazione sanitaria. Quando mi hanno detto che non servivo più ho sentito un vuoto dentro la pancia e la sensazione di aver perso tutto. Quella sera anche il mio fidanzato è venuto a trovarmi con la lettera di licenziamento, lui lavorava a Beloit, una città poco più a sud dove costruivano motori per le navi. Mi sono messa a studiare per continuare ad avere benefit e assicurazione per due anni e per sperare in un lavoro che me li garantisca anche in futuro. Non voglio che le mie figlie debbano dipendere dall'assistenza pubblica, non voglio che corrano questo rischio. Oggi la cosa più importante è la copertura medica, non lo stipendio.» L'America che ha votato per Barack Obama – qui il senatore nero ha raccolto il 64 per cento dei voti – non ce la fa più a vivere nell'incertezza, a non avere le cure garantite per i propri figli, è sfinita da un modello che genera troppe paure.

La strada dalla fabbrica alla scuola era semplicissima ma mi sono perso, distratto dal legame che questo posto ha con i soldati che sono in guerra: molte case espongono la bandiera nera dei «prisoners of war» – quei ragazzi che sono scomparsi in Iraq ma di cui non sono stati trovati i corpi e che la speranza fa credere siano tenuti prigionieri come accadeva ai tempi dei vietcong – e il ponte dell'autostrada è dedicato proprio a un militare di queste parti caduto in Vietnam. Mi recupera lo sceriffo, mentre litigo con un navigatore satellitare che pretenderebbe di farmi svoltare dove non esiste una strada e vorrebbe attraversassi un campo pieno di neve, e mi accompagna lui. All'ingresso del college mi aspetta il direttore della comunicazione Len Walker, pieno di orgoglio per la sua scuola, per il fatto che il più piccolo dei college tecnici del Wisconsin ora si sia preso una città sulle spalle e cerchi di traghettarla dal secolo della manifattura «ai lavori del ventunesimo secolo». Il successo è tale che, pur avendo previsto corsi nel fine settimana e una sessione speciale durante l'estate, non tutti sono riusciti a entrare e ci sono più di cento persone in lista d'attesa.

Mi ha organizzato un primo incontro con dieci docenti, sono già tutti intorno al tavolo della sala riunioni. La cosa che più mi ha colpito degli Stati Uniti è la disponibilità verso i giornalisti, anche quelli stranieri: a chiunque si scriva, un senatore, l'Fbi, un ospedale dove curano i reduci, una scuola, un allevatore di maiali, un'associazione di beneficenza, la borsa delle materie prime o una squadra di basket, si riceve sempre una risposta in poche ore, non si aspetta mai più di una giornata. E trovi sempre qualcuno che ti riceve e ti ha preparato una cartellina con tutti i dati di cui hai bisogno.

Questa volta accanto al tavolo hanno messo anche ciambelline, caffè, sandwich e bibite. Sono inondato dal coro degli insegnanti: si sentono, a ragione, i salvatori di una comunità, di vite in caduta libera. «Le donne e gli uomini che vengono dalla fabbrica sono studenti spaventati, tendono a fare gruppo tra loro per sentirsi più sicuri. Quelli che lavoravano nello stesso reparto si siedono vicini anche se alla catena di montaggio si detestavano, poi, dopo le lezioni, studiano insieme.»

Cammino per i corridoi, infilo la testa nelle classi, mi fermo ad ascoltare il professore di sociologia e osservo questi adulti, spesso sovrappeso o senza capelli, piegati a prendere appunti: precisi, diligenti, hanno sistemato sul banco penne libri, fogli e quaderni in quell'ordine perfetto che vorrebbero ridare alle loro vite. «La prima cosa che gli diciamo» ha recitato il coro dei professori nell'introduzione «è che c'è speranza, che esiste un futuro, ma che ci vuole tenacia e pazienza. Molti vorrebbero una veloce messa a punto per trovare subito un lavoro che dia gli stessi soldi di prima, per non perdere la casa, l'auto e la fidanzata. Bisogna aiutarli a fare i conti con la realtà e con le loro aspettative per cercare di costruire un percorso non utopistico. La cosa più difficile è quando dobbiamo spiegargli: "Rientrerete nel mondo del lavoro dal basso, non illudetevi di ricominciare da dove eravate arrivati, sarete pagati di meno, ma grazie alla vostra maturità e all'esperienza salirete in fretta e noi sappiamo che nel lungo periodo aver studiato pagherà e vi troverete più in alto"».

C'è uno studio condotto in Michigan sugli ex operai di uno stabilimento della Ford chiuso dieci anni fa – me lo mostra Linda Brown, che guida la task force incaricata di sostenere e indirizzare chi perde il lavoro – che spiega come nel lungo periodo chi era tornato a studiare per almeno due anni oggi occupi le posizioni migliori e abbia gli stipendi più alti, poi ci sono coloro che scelsero di cercarsi subito un altro lavoro, in fondo alla classifica chi seguì dei corsi di appena tre o sei mesi. «O si torna a studiare sul serio e ci si riqualifica oppure si rischia solo di uscire dal mondo del lavoro per tornarci senza avere nessuna vera carta in più da giocare.»

Non riesco a credere che 738 persone di una città di 60mila abitanti decidano di tornare a scuola (e altri 100 sono in attesa solo questo semestre) perché sono così lucidi e determinati da scommettere sulle statistiche, sulla ripresa dell'economia nel giro di un anno e mezzo e sulla formazione. Anche perché non è tutto facile, l'impatto con la scuola e il mondo dei giovani spesso è doloroso e umiliante: «Non è tutto oro, molti» mi racconta Ruth Wheaton, la coordinatrice del corso per infermieri «hanno difficoltà di relazione, erano abituati a stare soli per ore davanti ai robot, a occuparsi di cose e non di persone, hanno rabbia per quello che è accaduto e sono pieni d'ansia perché non vogliono fallire, vogliono essere perfetti».

Arrivati qui si sono trovati improvvisamente indietro di vent'anni: «Il doppio clic del mouse è già un problema, molti di loro non avevano mai toccato un computer anche se lo avevano comprato ai figli, e non riescono ad avere il ritmo giusto. Sono piccole cose ma creano demoralizzazione». Steve Davidson, un appassionato di trekking nella natura e di aquile con le cui foto ha tappezzato l'ufficio, è il responsabile dei corsi di informatica che sono obbligatori per tutti: «Avevano vite riuscite, guadagnavano bene, erano i simboli della classe media e non pensavano che gli servisse saper navigare su Internet, scrivere mail, mandare curriculum, usare velocemente una tastiera. Adesso sono intimiditi dalle tecnologie, umiliati dal dover riconoscere che non sono al passo con i tempi».

«Sono studenti fantastici» cerca di rassicurare Len Walker, il mio cicerone «che hanno iniziato con coraggio una vita completamente nuova: molti non leggevano più un libro da venticinque anni e quando si sono trovati a dover scrivere una piccola relazione sono andati nel panico. Così abbiamo pensato che fosse giusto farli partire con dei corsi di scrittura e ampliare la loro cultura, non aveva senso riempirli soltanto di nuove nozioni tecniche». Riprendono in mano matematica, chimica e poi studiano sociologia e comunicazione, perché la prima paura – lo rivelano nei test d'ingresso – è parlare in pubblico, così li preparano anche a tenere discorsi e fare relazioni a una platea.

Ecco, di fronte a tutte queste fatiche e umiliazioni, mi convince di più un'altra chiave di lettura del perché siano qui, una motivazione che parla di emozioni, di speranze e soprattutto di passione: «Per molti questa è l'opportunità di fare per la prima volta una cosa che gli piace davvero, che li appassiona». Ecco la molla. Per trent'anni sono stati in fabbrica perché la General Motors garantiva stipendi alti, la pensione, l'assicurazione e i benefit, perché lo avevano fatto i loro padri e i loro nonni e così era previsto dovessero fare i loro figli e perché così potevano condurre la vita standard di Janesville: comprarsi una casa, mettere al mondo tre o quattro bambini prestissimo, mandarli al college, avere la macchina scontata, fare il barbecue con i vicini, andare a vedere il baseball a Milwaukee, permettersi una piccola barca di cinque metri, che nei fine settimana d'estate portavano sui laghi, per pescare i salmoni e il pan fish da fare fritto, e d'inverno si copriva di neve in giardino. Adesso hanno certamente nostalgia della loro routine ma non ne trovo uno solo che dica che era un bel lavoro.

«Come dice il presidente Obama» mi dichiara con tono ispirato il preside Eric Larson «dobbiamo scommettere sulla speranza e sul cambiamento. Sono andato in giro per intercettare le novità: ho visitato fattorie del vento e fabbriche di pannelli solari – per questo abbiamo aperto i corsi sulle energie rinnovabili – poi ho studiato tutti i nuovi business agricoli e ci siamo specializzati anche in questo. Ora l'America comincia a prendere coscienza che esiste un cibo più sano e sicuro e la possibilità di un'energia pulita e va in quella direzione. E noi là vogliamo farci trovare. Il futuro della nostra comunità sarà fatto di tanti piccoli e medi lavori che tutti insieme sostituiranno quella che è stata la General Motors. Ma dovranno essere di qualità, specializzati, e avranno bisogno di studio e preparazione.»

A fine dicembre, in pochi giorni i camion dei traslochi della U-haul avevano cominciato a svuotare la città: il numero di coloro che hanno abbandonato Janesville rispetto a quello di chi è arrivato è cresciuto del 14 per cento nel 2008 e le corse dei traslocatori lontano da qui erano quasi raddoppiate. Una ragazza che studia sociologia in mezzo agli ex colleghi di suo padre racconta cosa è successo a lei: «Mio padre se n'è andato in Kansas, gli mancano solo otto anni alla pensione e allora è disposto a passare da una fabbrica all'altra della General Motors pur di arrivare fino in fondo e salvarla. Non lo vediamo più, ha detto che proverà a tornare a casa ogni tre mesi, ma mi telefona ogni sera».

«La fabbrica è un sasso lanciato nello stagno, le onde dei centri concentrici stanno cancellando il lavoro: la centrale dell'energia elettrica ha diminuito la sua produzione di un terzo, gli ospedali e i medici stanno andando in crisi perché diminuiscono gli assicurati, i bar e i ristoranti hanno meno clienti, non arrivano più entrate fiscali dalle fabbriche e dai licenziati e la contea è costretta a mandare a casa poliziotti, spazzini, insegnanti. L'intera catena sociale rischia di saltare. Per questo dovevamo intervenire d'urgenza» spiega ancora Linda Brown, la persona più lucida e competente che incontro: ha un controllo e una conoscenza della situazione impressionante. Guida la «Squadra di risposta rapida», composta da dodici persone, per metà della scuola e per metà legate a un programma dello Stato del Wisconsin: hanno incontrato più di 2500 persone che erano appena state licenziate. «Prima li sosteniamo con un team di psicologi, poi li aiutiamo a preparare un curriculum, dopo cerchiamo di fare il punto sulla situazione del mercato del lavoro e gli presentiamo anche la possibilità di tornare a studiare. Questa, è importante dirglielo, è la vera seconda chance della loro vita.»

Resto a parlare con lei a lungo, smetto di guardare l'ora affascinato dalla radiografia di un mondo che è crollato ma che trova percorsi inaspettati tra le rovine. Poi, di colpo, quando alla finestra appare un tramonto spettacolare mi rendo conto che sono in un disastroso ritardo. Così arrivo nella grande cucina, il posto a cui puntavo fin dal mattino, che le lezioni sono ormai finite e i miei cuochi se ne sono andati Giro di corsa finché trovo Michel e James seduti in mensa, sono un po' stufi di aspettare e tamburellano con le dita sul tavolo, ma si sciolgono subito. Oggi hanno lavorato su una zuppa indiana dal nome complicato: Mulligatawny. Hanno cotto nel brodo pollo e agnello, poi hanno aggiunto le mele e insaporito tutto con il curry. «Ma il segreto è metterci un po' di latte per farla diventare cremosa» suggerisce a bassa voce Michel Melton, come se stesse rivelando un segreto di Stato. Ha i capelli corti biondi, braccia muscolose su cui è tatuato un bulldog e il pizzetto come quasi tutti gli operai di questa zona. «Ho 36 anni, da otto lavoravo alla Lear, quella dei sedili, ma mi è sempre piaciuto cucinare: già alle elementari aiutavo mia madre e le facevo da assistente, poi mi è venuta la passione per la griglia e per i sapori nuovi e ho sempre sperimentato nel tempo libero.»

James Bade Jr, invece, era entrato in catena di montaggio dodici anni fa, quando ne aveva 25. La famiglia di sua madre, che ha origini siciliane, da cinquant'anni ha un ristorante in Ohio: «Ma mi avevano convinto che era meglio costruire automobili, che era un lavoro più sicuro e garantito, e invece avrei dovuto fare subito il cuoco: la gente continua a mangiare, anche in tempi di crisi, e io voglio specializzarmi nell'alta qualità e andare a fare lo chef nei country club o nei grandi resort, sono disposto a trasferirmi ovunque». Michel, invece, deve restare nel raggio di cento miglia: «Non posso allontanarmi di più, sono divorziato e il giudice ha stabilito che posso mantenere l'affidamento paritario dei tre figli – il primo, che ha 15 anni, l'ha avuto che ne aveva solo 21 – solo se lavoro in quest'area».

Sono sorridenti, felici, sembra che abbiano vinto la lotteria. «Nella sfortuna» allarga le braccia James «abbiamo trovato la nostra grande occasione, di poter fare un lavoro creativo, di non dover ripetere lo stesso gesto tutto il giorno, di poter fare quello che ci piace. Mia moglie Gina, che ama da morire le mie lasagne, ha capito che guadagnerò meno ma che non dovrò più fare una vita che consideravo miserabile e noiosa.»

La fabbrica, raccontano molti qui, non avrebbe mai chiuso se la Gm non avesse aperto nel 2001 lo stabilimento di Silao in Messico: la colpa è del Nafta, il trattato di libero commercio dell'area nordamericana firmato da Bill Clinton, che i sindacati vorrebbero riscrivere. Barack Obama aveva visitato proprio questo stabilimento durante la campagna elettorale e qui aveva promesso che avrebbe eliminato i benefici fiscali per le compagnie che portano il lavoro all'estero e «bloccato i trattati commerciali che si preoccupano delle grandi corporation e dei loro profitti e non degli operai americani che vedono i loro lavori scomparire». «Se la General Motors non si fosse spostata a sud, noi saremmo al lavoro e ci sarebbe ancora Janesville» ripete anche Michel, che però non è sedotto dal nuovo vento protezionista che soffia su queste pianure: «Ma se non ci fosse stato il Nafta nessuno ci avrebbe pagato le scuole, perché insieme al trattato venne creato un programma federale per dare una nuova formazione alle persone che perdevano il lavoro per colpa della competizione canadese o messicana. Così oggi noi due dobbiamo dire grazie al Nafta». Per scherzo ci diciamo che potrebbe essere quello il nome del loro ristorante, ma forse qualcuno romperebbe la vetrina

Tra le mani hanno le loro valigette con gli attrezzi del mestiere, una sembra una borsa porta-computer, l'altra somiglia a una di quelle dove i professionisti tengono le stecche da biliardo. Le aprono e mi mostrano la loro collezione di coltelli. Poi mi dicono che devono andare a fare i compiti: «I miei figli all'inizio mi prendevano in giro perché passavo le sere a studiare libri di cucina, ma adesso sono felici perché i compiti a casa significano mangiare un piatto diverso ogni sera» ride Michel, poi per congedarsi fa la faccia seria e decide che bisogna sintetizzare tutto in una frase, la sua preferita, quella che spiega tutto: «La differenza tra un disastro e un'avventura è solo la tua attitudine». Lui e altri settecentotrentasette compagni di avventura sono convinti che non c'è bisogno di aspettare la nascita di un altro bisonte bianco.

IV

Il mondo della sabbia

Alle spalle della spiaggia di Santa Barbara corre un muretto bianco, ricurvo in cima, alto non più di quaranta centimetri, sufficiente però a dividere nettamente due mondi: chi ha i piedi nella sabbia stasera cenerà nelle ville arrampicate sulla collina, prezzo medio sopra il milione di dollari; chi è seduto nel parcheggio è destinato a non muoversi quando farà buio, resterà lì fino alle sette del mattino, confinato nello spazio definito dal rettangolo di vernice bianca tracciato sull'asfalto.

Cento persone anche questa notte dormiranno in macchina. Hanno perso la casa e non gli è rimasto altro.

Arrivo nel parcheggio all'estremità sud della spiaggia, sul Cabrillo Boulevard, alle cinque di un pomeriggio di inizio agosto, sono in anticipo: non c'è ancora nessuno degli occupanti notturni. All'altra estremità della baia c'è la marina, la parte più antica ospita ancora i pescherecci oceanici, i moli più nuovi barche a vela di tutte le dimensioni. Cammino in quella direzione e lo spettacolo sembra fatto apposta per enfatizzare il contrasto tra ciò che sto vedendo e quello che vedrò tra un paio d'ore.

Santa Barbara al tramonto è uno dei luoghi più belli d'America. Tutto parla di benessere, serenità, divertimento:

sul tratto di Oceano racchiuso tra la costa e l'isola di Santa Cruz decine di vele fanno i loro bordi paralleli alla terra; i campi di beach volley resteranno tutti occupati finché non farà buio; si prepara la brace per i barbecue, non c'è sera senza una festa; sulla terrazza del porto una folla abbronzata accompagna le ostriche e la zuppa d'aragosta con una birra ambrata del Colorado, la Fat Tire.

Quando torno al parcheggio trovo uno spettatore: sta fermo, con un piede appoggiato sul muretto: i suoi occhi azzurri guardano fissi la spiaggia ma è come se non vedessero nulla, non hanno voglia di vedere il mondo della sabbia.

Si chiama Guy Trevor, è un distinto sessantenne che tradisce le sue origini con un leggero accento londinese. Ha una camicia leggera con dei dragoni cinesi disegnati, bermuda e occhialini rettangolari. È arrivato in California all'inizio degli anni Settanta, gli piacevano gli hippy, la contestazione di Berkeley, il clima mite tutto l'anno, l'atmosfera trasgressiva. Col tempo ha capito che poteva vivere benissimo vendendo agli americani il suo talento per le cose ricercate, originali e raffinate: si è inventato «interior designer», o più semplicemente arredatore di ville tra i campi da golf di Palm Spring. Per vent'anni ha scelto tappeti, quadri, divani, mobili, tendaggi e disegnato giardini. Lo chiamavano a ogni ora: doveva progettare spazi sempre più grandi e lussuosi. Il suo ultimo pallino erano i giardini in stile desertico, quelli che si creano per rispettare il paesaggio del West: sabbia, piante grasse, rocce e sassi di tutte le forme.

Poi un giorno il telefono ha smesso di squillare e il mondo di Guy è imploso fino a prendere le dimensioni di un camper Dodge degli anni Sessanta. La sua collezione di fotografie, statue del Buddha, disegni, libri e quadri non esiste più, tutto si è ridotto a una scatola di cartone che contiene gli estremi di una vita.

A Trevor, per arrivare in cima alla piramide sociale, per avere una villa con quattro camere da letto capace di ospitare le sue collezioni e il suo archivio, c'erano voluti quarant'anni. Per tornare al punto di partenza, davanti all'oceano Pacifico e senza un dollaro, solo novanta giorni. Oggi vive in questo camper del 1968, è come se il tempo non fosse mai passato dal giorno in cui sbarcò in California, come se la vita vissuta nel frattempo fosse sparita improvvisamente. Dissolta.

Parla lentamente, con un linguaggio forbito, si ferma spesso, ti fissa, è di una gentilezza quasi eccessiva. Si fa fatica a capire se questa vita rallentata sia figlia del buddhismo che pratica e della calma interiore che predica, o se sia la depressione per il crollo di un'esistenza. «Non penso di avere colpe, mi sono trovato in mezzo alla tempesta perfetta e non mi è rimasto nulla.»

Parlano tutti di «tempesta perfetta», è una delle immagini più usate nell'America che cade, che si è trovata a precipitare mentre era piena di ebbrezza, mentre si sentiva sicura e vincente. Tutti usano lo stesso vocabolario, il «New York Times» già nel 2007 aveva scritto: «Questa per il mercato immobiliare è stata la stagione degli uragani, e non è ancora finita». Con una differenza: la «Hurricane season» atlantica dura solo sei mesi l'anno, inizia il 1° giugno e finisce il 30 novembre, qui non c'è più stata una sola settimana di tregua.

«La crisi immobiliare» continua Trevor con il suo tono monocorde «ha ucciso il mio lavoro nel momento stesso in cui la rata del mutuo a tasso variabile è raddoppiata. E ha colpito un uomo vulnerabile, che aveva speso tutti i suoi risparmi per divorziare dalla madre delle sue due figlie. Gli avvocati si sono mangiati tutto, ma mi illudevo di essere forte perché guadagnavo bene, perché i prezzi delle case continuavano a salire, perché la gente amava gli interior designer con l'accento inglese e perché lavoravo giorno e notte. Tanto che avevo appena chiesto un prestito per costruire un cortile e rifare il giardino.»

Poi la bolla immobiliare è scoppiata e in un anno soltanto ha strappato due milioni di americani dalle abitazioni in cui vivevano. «Ho cercato di vendere, ribassando in continuazione il prezzo, ma il mercato crollava più veloce del mio coraggio di svendere. La mia casa era decorata in un modo meraviglioso, era un gioiello che amavo, ma questo non interessava più a nessuno. È rimasta lì: sola, inutile, nessuno è mai venuto nemmeno a guardarla. A mettere fine alla corsa ci ha pensato la banca, senza incertezze e senza pensieri. Con il pignoramento ho perso tutti i soldi che ci avevo messo dentro. Dopo non resta nulla.»

Restano casette con le assi inchiodate alle porte, giardini con l'erba alta fino alla vita, vialetti senza più automobili familiari, cataste di mobili sfondati, piscine prosciugate dove corrono i topi, o piene d'acqua stagnante che diffonde un fetore insopportabile per decine di metri: interi isolati senza più una presenza umana. Solo con il buio tornano a popolarsi di spacciatori, drogati, vandali, senzatetto e ladri di rame. Con il 2009, lo ha gridato Barack Obama, le famiglie che hanno perso il loro sogno di proprietà o che hanno ricevuto la lettera di pignoramento sono arrivate a sei milioni. Una casa ogni nove è vuota.

Cinque Stati sono i focolai della crisi immobiliare: California, Florida, Nevada, Arizona e Michigan. I primi quattro pagano l'ebbrezza di una crescita forsennata, l'illusione che l'espansione sarebbe stata eterna, come una palla che corre nello spazio senza essere frenata dall'attrito dell'atmosfera o dalla forza di gravità. Oggi i sobborghi da cartolina di Las Vegas, Phoenix, Los Angeles e Miami sono luoghi per fantasmi. «Le case non possono restare sole, sono fatte per essere abitate. Se rimangono vuote si ammalano, muoiono per la solitudine» mi ha detto una ragazza argentina, ancora capace di immagini poetiche dopo aver perso il suo appartamento, camminando di fronte ai nuovi palazzi del lungomare di Downtown Miami, già segnati dalle muffe e dalle crepe. La mancanza di manutenzione ha reso tutto vecchio in un attimo: le vernici sono scrostate, le moquette puzzano, a nord l'acqua gela nei tubi e li spacca, a sud le piante rampicanti infestano ogni angolo e le pareti vengono sfondate per rubare i tubi di rame. In New Jersey ho raccolto lo sfogo incredibile di un immobiliarista: «Per trenta dollari di rame mi fanno mille dollari di danni. Non bastano le assi, le telecamere, un cane lasciato a ringhiare nel giardinetto, i vandali e gli affamati non si spaventano. Così ho deciso di pagare trenta dollari la settimana dei senzatetto finora scacciati da tutti, perché passino la notte nelle mie case. Li lascio entrare al piano terra, dormono sul pavimento: la loro presenza disturba i ladri, gli squatters ed evita gli incendi».

Poi c'è lo spettacolo angosciante del lago Erie. Sulla costa che corre tra Detroit e Cleveland c'è stata la più grande esplosione degli Stati Uniti: un immenso cratere nel quale sono scomparsi interi quartieri. La colpa è della fine del lavoro. Quel lavoro che produceva automobili, camion, trattori, roulotte, camper, tessuti, sigarette se n'è andato, si è trasferito oltre il confine con il Messico, è volato in Brasile, ha attraversato il Pacifico e si è fermato in Cina, in Vietnam, in India. Qui non è rimasto niente. Trovi solo gli scheletri delle fabbriche, del motore che ha trainato l'America e il mondo per un secolo. Non per caso la foto dell'anno, scelta nel concorso World Press Photo per il 2008, è stata scattata in una casa abbandonata di Cleveland. Si vede il detective Robert Kole, dell'ufficio dello sceriffo della contea di Cuyahoga in Ohio, muoversi con grande circospezione, tenendo la pistola impugnata con le due mani, all'interno di un'abitazione che è stata appena abbandonata dai proprietari, cacciati perché non avevano pagato il mutuo. Il poliziotto deve controllare che non ci sia più nessuno e non siano state nascoste armi. Diresti che c'è stata la guerra o un tornado: letti e materassi sono rovesciati, le carte sono sparse sul pavimento, gli oggetti sono ancora lì, gettati alla rinfusa, e sul muro è appeso un quadro. La famiglia sembra fuggita di corsa, presa dal panico, invece è uscita lentamente ma ha lasciato tutto lì perché non avrebbe saputo dove mettere quella roba, perché non aveva più un luogo dove abitare.

Il fotografo Anthony Suau nel 1984 aveva vinto un premio Pulitzer raccontando la carestia in Etiopia, un quarto di secolo dopo è dovuto tornare a casa per testimoniare la disgrazia e la povertà nel Paese più ricco e potente del mondo. La scena che ha scattato a Cleveland va moltiplicata per milioni di volte, solo così si può provare a immaginare cosa è successo negli Stati Uniti. Il viaggio in macchina tra il Michigan e l'Ohio, dove Obama e la Clinton si sono battuti per convincere la classe media in rovina che ognuno di loro era «La Soluzione», è l'esperienza più angosciante che si possa fare oggi in America. Guidi e accanto vedi scorrere centinaia di case abbandonate, interi quartieri senza vita.

Ma il contagio è arrivato ovunque. Per camminare in uno di questi buchi neri d'America basta fare ventidue minuti di treno da Manhattan. A Newark – la città del New Jersey famosa per il suo aeroporto, perché c'è nato Philip Roth e per la rivolta del 1967 che lo scrittore racconta in *Pastorale americana* – l'uragano dei pignoramenti è passato presto:

già all'inizio del 2007 c'erano strade in cui ogni giardino di ogni singola villetta a schiera esibiva il cartello «vendesi». Arrivo all'angolo tra Nye Avenue e Howard Street all'ora di pranzo e mi faccio accompagnare dal fotografo. L'agente immobiliare con cui ho parlato è stato chiaro: «Puoi restare fino al tramonto, poi bisogna scappare, la strada diventa il regno degli spacciatori. A due isolati di distanza hanno sparato a tre ragazzi il mese scorso». C'è una casetta verdina di tre piani, da una finestra rotta si intravedono due letti a castello. Il padre di quei quattro bambini lavora come facchino allo scalo internazionale del Liberty Airport. Me lo racconta David, un nero gigantesco e completamente pelato che veste con una camicia bianca di lino, pantaloni beige e scarpe chiare, titolare dell'agenzia immobiliare Tradewind. «La sua storia è uguale a quella di tutti gli altri: pagavano un migliaio di dollari per l'affitto di una casa, poi gli è stato offerto un mutuo per comprarsela. Era la prima volta che accadeva, nessuno gli aveva mai fatto credito. Sono tute blu, hanno lavori a stipendio fisso, faticano ad arrivare a fine mese. Sono camerieri, autisti, operai, carpentieri, gli è stato detto che avrebbero dovuto fare solo un piccolo sforzo in più, che con 1200 dollari ogni mese avrebbero potuto coronare il sogno di possedere il tetto sotto il quale vivevano. Hanno accettato. Gli è stato detto che il tasso era variabile, che dopo due anni sarebbe stato rinegoziato, hanno sperato di farcela e molti hanno pensato che i prezzi sarebbero cresciuti ancora. Nella peggiore delle ipotesi avrebbero potuto rivendere, rimborsare il mutuo e magari gli sarebbe rimasto anche qualcosa in tasca.» Invece le cose non sono andate così.

«Questi mutui» esordisce T.J. Foderaro, capo della redazione economica dello «Star Ledger», il quotidiano di Newark, davanti al quale mi sono seduto prima del mio viaggio tra le case abbandonate, «si chiamavano Arm [Adjustable Rate Mortgage], il più utilizzato era il famoso 3-1. Per i primi tre anni il tasso era fisso, poi diventava variabile. Partivano bassissimi, anche sotto il 3 per cento, poi decollavano e ora sono arrivati sopra il 7. Adesso la gente ironizza sull'acronimo Arm, dice che era tutto chiaro, era una pistola puntata alla testa.» Anche la rata del proprietario della casa con i letti a castello era improvvisamente passata da 1200 a 2100 dollari. «Prima ha cercato di fare un secondo lavoro, poi» allarga le braccia David «ha gettato la spugna.» Camminiamo per il quartiere e lui ci fa da cicerone: «Questa se l'era presa una coppia del Midwest, pensavano di fare un investimento per poi affittarla: sono durati tre mesi. Qui c'era una famiglia che è scappata in South Carolina, lì la vita costa meno». David scommette che un giorno il mercato tornerà a salire e che una casa a venti minuti di treno da Manhattan tornerà a essere appetibile.

Ma l'America dei mutui impazziti e della deindustrializzazione ha storie terribili di quartieri che muoiono, di intere periferie che diventano terra di nessuno. A Buffalo, a nord dello Stato di New York, il sindaco Byron Brown ha stanziato 100 milioni di dollari per abbattere cinquemila case abbandonate, nel tentativo di frenare gli incendi e togliere rifugi alle bande e alla criminalità.

A Santa Barbara più si abbassa il sole più sale il vento, ma Trevor sembra essere insensibile al freddo. «Il telefono è diventato muto: da un giorno all'altro mi sono scoperto inutile e superfluo, non c'era più mercato per me. In soli tre mesi non ero più in grado di pagare i conti. La banca si è ripresa la casa e mi ha accompagnato in mezzo alla strada.» Parliamo in piedi, lui è appoggiato al camper, l'ultima sicurezza che gli è rimasta. Accanto a noi una ragazza allatta un neonato seduta al volante di una station wagon, l'autoradio suona *Viva la vida* dei Coldplay, una famiglia con cinque figli sta cenando in un minivan e una signora si appre sta a passare la notte nel baule della sua macchina.

All'ora di pranzo ero stato preparato a ciò che avrei visto da Nancy Kapp, l'animatrice dell'associazione New Beginnings, quelli che si sono inventati il programma «parcheggi sicuri». «Chi perde la casa cerca di salvare l'auto, ultima possibilità per muoversi e avere un rifugio, e il cellulare, perché il numero di telefono è il solo indirizzo che rimane, il filo con il resto del mondo. Chi viene da una vita di povertà è preparato a una situazione come questa, ma per la gente della classe media è tutto molto più drammatico e penoso: crollano psicologicamente, cadono in depressione, tentano il suicidio. Ogni abitudine quotidiana, se non hai più casa, diventa una conquista: andare in bagno, lavarsi i denti, dormire. Ogni giorno è un calvario di umiliazioni.» Nancy sa perfettamente di cosa parla, vent'anni fa si trovò senza tetto con una figlia di quattro anni: prima dormirono in spiaggia, poi per alcuni anni in un furgoncino parcheggiato proprio qui sotto le palme. Fino a poco tempo fa era vietato dormire in macchina, ora, grazie al suo progetto, è possibile dalle sette di sera alle sette del mattino con un permesso speciale del comune.

Così è stato per Trevor: «Sono tornato dal deserto sulla costa perché qui avevo gli amici di vecchia data: all'inizio ho fatto il giro delle loro case, mi facevo ospitare per una settimana o due, poi me ne andavo quando cominciavo a provare vergogna. La seconda tappa è stato dormire con il sacco a pelo nel cassone del pick-up, l'ho fatto per tre mesi, finché non ho visto questo vecchio camper in vendita».

Mi porta a fare il giro della sua nuova casa targata California «725VCR», ha i colori sbiaditi, arancione e marroncino, ma ancora la scritta originale che indica il modello: «Dodge Sportsman». «Apparteneva a una coppia di vecchietti molto cordiali che lo vendevano per soli cinquemila dollari, ma quando hanno capito la situazione me lo hanno quasi regalato. Lui era stato un meccanico della Chrysler e aveva amato questo camper come un figlio, la manutenzione è stata perfetta, funziona tutto. Condividiamo davvero lo stesso destino: per me e per lui [il Dodge Sportsman] è come se il tempo non fosse mai passato, con la differenza che lui è rimasto identico a quello che era, io invece prima sono cresciuto, poi invecchiato, infine scaraventato indietro di quarant'anni.»

Mi fa salire, perché adesso il vento è così forte che impedisce di parlare. Appoggiata sul tavolo c'è la scatola con la sua vita. Questo box di cartone sembra la cifra dell'America in crisi, è uguale a quello dei broker che ho visto uscire mesti e con il nodo della cravatta allentato dal grattacielo di Manhattan che ospitava la banca d'affari Lehman Brothers, uno dei pilastri di Wall Street crollato nel giro di un fine settimana.

Appoggia i palmi delle mani sui bordi della scatola, fissa un punto nel vuoto, e comincia a recitare i dettagli della sua caduta: «Il giudice aveva stabilito che dovevo dare 2500 dollari al mese a mia moglie, la rata del mutuo era schizzata da 1258 dollari a 2600, la macchina ne costava 900. Prima ancora di cominciare il mese ero già in debito di 6000 dollari. Nell'istante in cui non ho avuto più lavoro il crollo è stato immediato. Il giorno che ho dovuto lasciare la casa ho fatto l'inventario di tutto quello che c'era dentro, ho venduto i mobili e il televisore al plasma a un rigattiere per la ridicola cifra di 1500 dollari, ma non avevo né il tempo né le forze per mettermi a trattare. Un traslocatore, in cambio del frigo e della lavatrice, che era nuova, ha accettato di trasportare i libri, i quadri, l'archivio, le foto e le statue del Buddha in un deposito. Avevo affittato uno spazio di 27 metri quadrati, poi ho cominciato a eliminare i libri, li vendevo in blocco o li regalavo, e in pochi mesi sono sceso a un magazzino largo soltanto tre metri per tre. Ho continuato così ogni mese, regalando o buttando tutto quello che mi passava tra le mani, in un lavoro di prosciugamento della mia vita».

Trevor, per necessità e fede religiosa, ha sposato la filosofia del momento che può essere racchiusa in una sola parola: frugalità. Il primo a riscoprirla è stato il «New York Times» per battezzare la rubrica estiva di un suo giornalista che ha girato il Paese con una vecchia Volvo familiare ritrovando un'America di provincia, non patinata, semplice, economica, mangiando in piccoli ristoranti e fermandosi a dormire in alberghi con meno di dieci stanze.

La frugalità è l'umore di un Paese che ha speso per anni molto più di quello che ha guadagnato, che in pochi mesi ha bruciato più ricchezza che in due guerre mondiali, e ora si rende conto che deve risparmiare, frenare, imparare a ricominciare. «Ci hanno martellato per anni» chiosava Nancy all'ora di pranzo «con lo stesso messaggio: "Vivete l'American Dream", fate debiti ma coronate i vostri desideri. Adesso è arrivato il conto e i sogni sono andati in cenere.»

«Volevo ridurre tutto all'essenziale» ricomincia Trevor «così ho eliminato i dipinti e i disegni e venduto perfino le statue, finché la settimana scorsa ho deciso di liberarmi del portfolio con tutti i miei lavori, delle foto della casa e finalmente ho buttato le carte del divorzio. Ho tenuto solo lo stretto indispensabile: i documenti, le denunce dei redditi e le cartelle cliniche.»

Appare sereno: è caduto e poi si è rialzato, ma un piano sotto, ed è convinto che sia giusto farsene una ragione. «Ho provato molta rabbia, ma oggi non ho più nostalgia, i medici mi hanno diagnosticato una depressione clinica e ho ottenuto, grazie ai contributi che ho versato per trent'anni, un piccolo assegno di disabilità che mi permette di continuare a pagare gli alimenti alle bambine. Grazie alla religione sono più sereno di molti che vivono nella mia condizione e ho cominciato a prestare servizio come volontario per Red Lotus, l'associazione di assistenza dei buddhisti, e con loro stiamo lavorando all'idea di portare il progetto dei parcheggi sicuri anche a Los Angeles.»

Quando è solo non va mai sulla spiaggia, il limite del muretto gli appare invalicabile. «Ogni mattina, appena c'è luce, vado in un centro dove c'è la piscina: nuoto per mezz'ora, faccio la doccia e la barba. Mi sforzo di farlo tutti i giorni per non lasciarmi andare, per non far vincere la depressione.» Si interrompe, mi dice che se voglio incontrare Barbara Harvey – «la celebrità del parcheggio» – mi devo sbrigare, perché sta per andarsene per sempre. Lui mi aspetterà, intanto si prepara la cena.

Barbara è raggiante e commossa, questa sera tornerà a dormire in un letto dopo aver passato settanta notti nel baule della sua Honda CR-V insieme ai suoi cani, due golden retriever che si chiamano Phoebe e Rangers. Ha 66 anni, ha perso la casa e il giardinetto dove coltivava trentacinque varietà diverse di rose dopo essere stata licenziata dallo studio legale dove ha lavorato come segretaria per ventitré anni. Sembrava destinata a vivere nel parcheggio, a dormire dopo aver messo le scatole con i suoi oggetti sotto l'auto, per sempre, ma poi l'ha scoperta un fotografo del settimanale «People». Forse per i cani, forse per il suo sguardo dolce, forse perché per i telespettatori era facile immedesimarsi con questa signora bionda che sembra la nonna tipo della provincia americana, fatto sta che in pochi giorni nel parcheggio sono arrivati tutti i grandi network e la Cnn l'ha resa celebre. Un suo vecchio compagno di liceo, con cui studiò quarantanove anni fa a Pasadena, l'ha riconosciuta e l'ha rintracciata: «Barbara non posso pensare che tu viva in questo modo, ho un piccolo appartamento a San Luis Obispo, te lo presto volentieri». Ha accettato senza esitazione e tra poco si metterà in viaggio per spostarsi cento miglia più a nord. Prima deve finire di mostrare i suoi due gatti alla giornalista di un settimanale che la tempesta di domande e farsi intervistare da una televisione britannica: «Questa sera tornerò ad avere un bagno, un frigorifero, un armadio, la doccia e un letto. I cani sono già là che ci aspettano». Ma non riesce a partire, gli occhi le si riempiono di lacrime: «Ho abitato qui per ventisei anni, la mia vita era a Santa Barbara, ma ora per ricominciare sono costretta ad andarmene. Adesso la mia casa non c'è davvero più». Carica nel bagagliaio uno scolapasta, un wok, la sedia da campeggio su cui si sedeva a leggere la sera e le gabbiette con i gatti che in questi due mesi erano stati affidati a un'amica: «Chissà se si ricordano come si convive con due cani, chissà se mi ricordo come si vive in una casa».

Venti metri più in là, immobile, una signora di 79 anni guarda la scena dalla sua auto, ha avuto meno fortuna con i media, dormirà qui anche questa notte. È il cruccio più grande per Nancy Kapp: «Ha lavorato tutta la vita e ora è finita così, e naturalmente non ha neppure l'assicurazione sanitaria».

Torno da Trevor, ha già mangiato, si era messo a leggere e gli si stanno chiudendo gli occhi. Riprende a raccontare con lo stesso ritmo lento di prima, poi improvvisamente si accende. Quattro giorni al mese cambia completamente umore, diventa un altro e supera il muretto: accade quando arrivano le figlie, ogni due fine settimana. Hanno 11 e 13 anni e abitano con la mamma a Oxnard, una cinquantina di chilometri più a sud: «Sono felici di questa sistemazione, la chiamano "la casa al mare", dicono che avevano sempre sognato di addormentarsi con il rumore delle onde. E appena ci svegliamo corriamo sulla spiaggia, tutti e tre insieme con i piedi nella sabbia».

V
I due compleanni di Tammy

«Ho solo pensato che non potevo permettere a un ribelle iracheno, che aveva avuto il suo giorno fortunato, di decidere anche del resto della mia vita. Si era già preso le mie gambe non poteva prendersi anche la possibilità che io tornassi a camminare, volare o ridere. Quel potere non potevo lasciarlo a lui, lo volevo io, e così un giorno alla volta ho riconquistato la mia esistenza. C'erano mattine che non volevo alzarmi dal letto, in cui avevo paura, in cui stavo molto male, ma ho sempre trovato qualcuno che mi diceva: "Tammy, muovi il culo, è ora di alzarsi".»

Raccontata così sembra facile, poi abbassi gli occhi e vedi le sue protesi di metallo, pensi alle trenta operazioni che ha sopportato, al dolore, alla fatica, alle infezioni. Ma lei non ti lascia spazio: «L'alternativa è chiara e a portata di mano: potrei chiudermi in casa, restare a letto in silenzio, piangere tutto il giorno e pensare alle gambe che non ho più. Oppure posso cercare di tornare a fare quello che facevo prima, quello che amavo e mi divertiva, insomma vivere fino in fondo e con passione».

«Non è stato un incidente, non c'è stata nessuna casualità, un incidente è quando due macchine si scontrano per errore: io invece sono stata abbattuta, tirata giù, sono stata colpita da un razzo.» Tammy Duckworth smette improvvisamente di sorridere, la voce diventa secca e non riesce a nascondere irritazione per una domanda che le ho appena fatto. Fuori c'è una bufera di neve, il parco dove Barack Obama ha celebrato la vittoria dieci settimane fa ora è una lastra di ghiaccio, il «Chicago Tribune» dice che il vento in arrivo dal lago Michigan porterà la notte più fredda degli ultimi dieci anni.

Tammy Duckworth è tornata nel suo ufficio alle sei di sera quando se ne sono già andati tutti: il James Thompson Center, il cilindro di vetro che ospita i funzionari dello Stato dell'Illinois, è deserto. Sull'appendiabiti della sua stanza d'angolo c'è una tuta da pilota, sul muro ci sono le sue foto mentre si immerge con le bombole e sulla libreria una serie di modellini di elicottero. Dalla finestra si vedono gli stendardi che il sindaco ha fatto issare ovunque per celebrare il nuovo presidente che viene da Chicago. Mi fa accomodare al tavolo rotondo dove fa le riunioni, lei resta sulla sedia a rotelle. Un paio di pantaloni larghi copre le protesi di titanio che le hanno messo all'ospedale Walter Reed di Washington. Ma non ha niente da nascondere o di cui si vergogna. Il 12 novembre 2008 – esattamente nel quarto anniversario del suo abbattimento nei cieli iracheni – la sua foto era sul «New York Times» insieme all'uomo che solo una settimana prima aveva vinto le elezioni per diventare presidente degli Stati Uniti. Sono ritratti di fronte a una corona di fiori, lei si appoggia a un bastone, ha la gonna e un cappottino corto blu, le due gambe di metallo sono davanti agli occhi di tutti gli americani, Obama le sta accanto e tiene la testa bassa. Celebrano il Veteran Day, il giorno dedicato ai veterani di guerra americani.

Tammy si è fatta dipingere un paio di ballerine rosse bordate di nero al posto dei piedi. Il suo braccio destro è tutto un intreccio di cicatrici. Ma sorride sempre, gli occhi si muovono veloci, ed è simpatica. Si incupisce proprio quando, per eccesso di rispetto e cautela, sbaglio domanda: «Poi c'è stato l'incidente...» dico, ma lei mi interrompe e scuote la testa con fastidio, non ha voglia di finzioni, tutto ha un nome esatto, preciso: «Non era un incidente. I ribelli ci avevano preso di mira e ci hanno abbattuto. Lo dico perché un attimo prima ti senti una persona forte, sei un soldato, un pilota di elicotteri, il momento dopo ti ritrovi steso nudo su un letto di ospedale, non sei in grado di mangiare da solo, ti devono imboccare, ti devono portare in bagno, e allora senti il bisogno di dare un significato a quello che è successo e di ricordare alla gente che non è accaduto perché due macchine si sono scontrate slittando sul ghiaccio, ma perché eri al servizio del tuo Paese».

Si ferma. Prende fiato, abbandona il tono risentito e ricomincia a raccontare: «Il 12 novembre 2004 un razzo della guerriglia irachena ha colpito il Black Hawk che stavo pilotando. Tornavamo da Baghdad, eravamo quattro a bordo, andavamo a più di 250 chilometri l'ora e tenevo l'elicottero poco sopra le cime degli alberi, tre metri al massimo, per evitare che si accorgessero di noi. Non devi mai dare al nemico il tempo di reagire, ma quel giorno sono stati fortunati e ci hanno colpito. Ho sentito il rumore dei proiettili contro l'elicottero, un suono metallico che faceva "tap tap tap". Mi sono girata verso Dan Oberk, l'altro pilota, e ho gridato: "Ci hanno colpito". Un secondo dopo avevo un'enorme palla di fuoco in grembo, sono stata spinta all'indietro e tutta la cabina di pilotaggio si è riempita di fumo. L'elicottero tremava e io continuavo a chiedere alla radio "Tutto a posto?", ma nessuno rispondeva. Non si vedeva niente e nessuno parlava. Pensavo di essere l'unica sopravvissuta e cercavo di atterrare, ma l'elicottero non rispondeva ai comandi. Ripetevo i movimenti inutilmente, ero frustrata e piena di rabbia, ma non sapevo di non avere più le gambe. Eppure le sentivo, cercavo di spingere i pedali, ma senza riuscirci. In quel momento sapevo solo che dovevo portare a terra l'elicottero, perche il pilota è responsabile di tutti quelli che sono a bordo. Ma stavo perdendo coscienza: svenivo, poi mi riprendevo e cercavo di atterrare, e svenivo e mi risvegliavo e cercavo di atterrare. L'ultima cosa che ricordo è il pensiero che dovevo spegnere i motori per evitare che esplodesse tutto: stavo cercando di alzare il braccio sinistro per bloccare il motore».

Il braccio sinistro: quello su cui ora poggia tutta la sua vita, quello con cui guida la macchina, quello con cui è tornata a pilotare un aereo, quello con cui ha spinto la carrozzina a tre ruote fino al traguardo della maratona di Chicago in 3 ore e 26 minuti, quello su cui si fa forza per sollevarsi dalla sedia a rotelle e indicarmi un punto sulla cartina dell'Iraq, una zona tra Taji e Balad, il luogo dove è stata abbattuta.

Questa stanza con la bandiera a stelle e strisce, gli elicotteri in miniatura, la tuta militare, la mappa dei luoghi della guerra sembra un santuario militare, il rifugio di una guerriera sconfitta. Lei si accorge che osservi tutto con insistenza e prendi appunti, allora vuole che si sappia come la pensa: «Non ho mai sostenuto questa guerra, privatamente pensavo che l'invasione dell'Iraq fosse il peggior esempio di imperialismo americano. Io sono una studiosa, prima di partire avevo terminato il mio dottorato in scienze politiche, ma dai tempi dell'università sono anche una riservista della Guardia Nazionale. La verità è che sarei voluta andare in Afghanistan, partecipare alla caccia a Osama bin Laden. Volevo fare quello. Ero convinta che la guerra in Iraq fosse nella migliore delle ipotesi una cosa stupida e nella peggiore un atto orribilmente spericolato. Ma era la mia opinione personale e il mio Paese aveva eletto democraticamente George Bush e il mio Paese aveva detto che quella era una decisione legittima da parte del presidente. E il Senato degli Stati Uniti aveva detto di sì, aveva votato per la guerra, e anche se io non ero d'accordo non volevo che i miei uomini andassero lì senza di me. Non volevo essere l'unico ufficiale che li salutava e restava a casa».

Tammy Duckworth, nata in Thailandia nel 1968 da una ragazza di origine cinese e da un marine che aveva combattuto in Vietnam prima di passare a lavorare con l'Onu, registrata all'anagrafe come Ladda – «Il nome di un fiore, lo impose il funzionario del comune che aveva in odio gli americani che facevano figli nel suo Paese» – è diventata militare della riserva per idealismo e per una questione di parità tra i sessi. Da una parte la lezione del padre, che aveva scelto di aiutare i rifugiati che scappavano dalla Cambogia e le parlava della necessità di combattere contro le dittature, dall'altra la sua volontà di essere considerata alla pari dei colleghi maschi, tanto da diventare una delle prime donne a pilotare un elicottero da combattimento e la prima asiatica a comandare una squadra di elicotteristi.

«Così sono stata fiera di partire. Non c'era ideologia in me, da bambina ho vissuto in Indonesia e ho una certa familiarità con il mondo musulmano e la cultura islamica, avevo anche comprato dei libri e dei cd per imparare l'arabo e avevo preteso che tutti gli uomini dell'unità imparassero un po' della lingua e della cultura. Adesso te lo impongono i comandi militari e l'approccio del nostro esercito è completamente cambiato, ma allora mi prendevano in giro. Ancora nel 2003 il modello vincente era molto macho e da cowboy: la peggior forma di americanismo possibile.»

Guardi quello che le ha fatto la guerra, i segni che porta addosso, e non riesci a non chiederle a che cosa è servita. «L'invasione dell'Iraq non è servita a niente, non ha fatto altro che sprecare le vite di uomini e donne, una quantità incredibile di soldi, il prestigio dell'America e il suo ruolo nel mondo.» Resta un po' in silenzio, conosce la domanda successiva e risponde senza bisogno che la faccia: «Però non considero il mio servizio come uno spreco, il mio servizio è stato sempre per il mio Paese. La gente mi dice: "Ma allora hai perso le gambe per niente?". No. Ho perso le gambe per il mio Paese, non le ho perse per una stupida guerra in Iraq e sicuramente non le ho perse per George Bush».

Barack Obama ha conosciuto questa donna che non si dà mai per vinta mentre visitava l'ospedale Walter Reed, poco tempo dopo essere stato eletto senatore. Si sono piaciuti e lui l'ha convinta a fare politica: «Mi ha aiutato moltissimo, quando ho fatto la campagna elettorale per entrare al Congresso» – persa di soli due punti contro il candidato repubblicano che ebbe il coraggio di definirla «poco patriottica» – «Obama ha fatto gli spot in televisione per me, ha raccolto i soldi e mi ha fatto prendere come consulente il suo guru, David Axelrod, un uomo fantastico: è sempre in attività anche se sembra sempre stanco, sembra sempre che non dorma da giorni». Dopo la sconfitta, Tammy è stata nominata responsabile dei veterani dell'Illinois, ha parlato alla Convention democratica di Denver e Obama sperava che proprio lei prendesse il suo posto al Senato. Ma il governatore corrotto Rod Blagojevich, a cui spettava la decisione, si è fatto intercettare dall'Fbi mentre cercava di vendere il posto al miglior offerente. «Da quel momento è stato un circo disgustoso e io ho fatto sapere che non volevo più essere presa in considerazione, che non mi sarei mai fatta nominare da Blagojevich, non l'avrei mai accettato.» Così è rimasta al suo posto, in questo palazzo di vetro con la moquette a pezzi.

«L'elicottero che ci seguiva è atterrato vicino a noi e ci ha recuperato. Mi hanno detto che continuavo a svenire, mezz'ora dopo ero all'ospedale di Baghdad. Il sergente che lavorava nell'*emergency room* mi ha raccontato che pensavano fossi morta, tanto ero bianca per il sangue perso. Poi ho cominciato a chiedere come stavano i miei uomini: "Come sta la mia unità?" urlavo. "Voglio un rapporto." Mi appoggiavo sul braccio sinistro, l'unica cosa che era rimasta intatta, senza gambe, con l'altro braccio quasi completamente staccato, e chiedevo un rapporto.» Scuote la testa, si rende conto che il comportamento era grottesco e ride. «Anche gli altri stavano facendo la stessa cosa, il mio sergente gridava: "Non toccatemi, prima ditemi come sta il capitano Duckworth". Eravamo tutti così insopportabili che ci hanno dovuto sedare per farci dormire. Mi sono svegliata undici giorni dopo a Washington. Per quasi due settimane mi avevano tenuto in coma farmacologico. Mio marito ha passato tutto il tempo seduto accanto al letto e continuava a ripetere la stessa frase come una cantilena, sicuro che io la potessi percepire: "Sei stata ferita, sei salva, sei al Walter Reed". Anche se i medici gli dicevano che non potevo sentire niente, lui continuava: "Sei stata ferita, sei salva, sei al Walter Reed". Per un soldato il Walter Reed è il posto magico dove ti rimettono a posto. Anche se gli scandali poi ne hanno dato un'altra immagine, fin dai tempi dei veterani del Vietnam è il numero uno degli ospedali militari ed è il miglior posto dove puoi finire. Quando negli ultimi tre o quattro giorni hanno cominciato a diminuire i farmaci, per farmi uscire lentamente dal coma, sentivo la sua voce, e così quando mi sono svegliata sapevo di essere stata ferita e che ero al Walter Reed. Non sapevo però di aver perso le gambe. Appena ho avuto la forza di parlare ho chiesto degli antidolorifici per le gambe. Allora mio marito me lo ha detto.

«All'inizio ho avuto cinque giorni di dolori allucinanti. Non rispondevo alla morfina, era come se qualcuno stesse tagliando la mia pelle. Non potevo dormire dal male e non sapevo se sarei sopravvissuta fino al giorno dopo. Di fronte al letto c'era un grande orologio, lo fissavo e mi dicevo: devo vivere ancora un minuto. Usavo tutta l'energia per respirare, non riuscivo a fare altro, né a muovermi, né a dire una parola. Ho cominciato a contare, "One dead iraqi, two dead iraqis" – un iracheno morto, due iracheni morti – con la formula che si usava allora in guerra per spaziare correttamente i secondi, al posto del tradizionale "one one thousand, two one thousand" che ti insegnano a scuola. Poi ho pensato a tutti gli iracheni che avevo conosciuto, ai loro sorrisi, e ho cambiato cantilena: dicevo "One dead insurgent, two dead insurgents", un ribelle morto, due ribelli morti... Anche questo mi disgustò presto e alla fine sono tornata al metodo che mi avevano insegnato a scuola. Contavo fino a sessanta e quando arrivavo a sessanta sapevo che ero sopravvissuta un altro minuto. Non ero sempre certa che ce l'avrei fatta. Bastava che mia madre cercasse di sistemare il lenzuolo o di spostarmi i capelli dal viso che il dolore si faceva allucinante, ma non glielo potevo dire perché avevo a malapena la forza di respirare e perché avrei usato l'energia che mi serviva per sopravvivere. Poi è arrivata Juanita Wilson, che aveva perso un braccio in Iraq prima di me. È entrata nella mia stanza, si è tolta l'arto artificiale e mi ha fatto vedere cosa era rimasto del suo braccio. Stava accanto al letto e mi ha detto: "So che stai male. Tammy, ci sono passata anch'io, so qual è il tuo dolore, ma migliorerà. Posso stare qui per te?". Mi è rimasta vicino per cinque giorni. Aveva un sorriso tenue ed emanava una pace, una forza e una tranquillità che non riuscivo a spiegarmi. Intanto io contavo – "One one thousand, two one thousand" – la guardavo e prendevo la sua energia. Mi ha tenuto in vita nei momenti in cui pensavo che non ce l'avrei fatta. Non mio marito, non mia madre, non le infermiere. Nessuno poteva farlo, tranne lei che c'era passata.» Ora anche Tammy va a trovare chi subisce un'amputazione: «Lo faccio qui a Chicago, non con i soldati, ma con chi ha avuto incidenti d'auto: non arrivo mai sulla sedia a rotelle, ma entro camminando, perché devono sapere che la vita va avanti e che si può ricominciare».

Il teorico più coraggioso e convinto di questo approccio si chiama Dave Donaldson, ha 44 anni, un fisico da atleta ed è il miglior specialista in terapie ricreative degli Stati Uniti. Per incontrarlo devo andare dall'altra parte dell'America, sulla Costa Pacifica, al nuovissimo centro di riabilitazione del Naval Medical Center di San Diego. Ha scelto la California perché pensa che per salvarsi e ricominciare ci vogliano le onde, meglio se alte e potenti, il deserto, le montagne, i fiumi in mezzo ai canyon e campi da golf. I suoi pazienti sono i feriti più gravi che arrivano dall'Afghanistan e dall'Iraq: «Tra i miei ragazzi c'è chi ha perso le gambe o le braccia, chi in guerra è diventato cieco, sordo, mentalmente ritardato e chi ha continue allucinazioni o soffre di depressione. Per curarli io uso il divertimento: la filosofia a cui mi ispiro parte dall'idea che il gioco sia un passaggio fondamentale della riabilitazione, come lo è delle nostre vite». Così li porta a fare surf, in canoa, ad arrampicarsi sulle pareti di roccia, a giocare a golf, a sciare e perfino in cima al Mount Whitney (4421 metri), la più alta vetta degli Stati Uniti se si esclude l'Alaska. «Non si può immaginare l'energia, la gioia e l'orgoglio che può provare una persona che ha perso la vista quando arriva in vetta a un quattromila e si riempie i polmoni e si inginocchia a toccare la cima. È successo dieci giorni fa ed è stata un'emozione incredibile.»

Il sergente Saul Martinez, che ha perso le gambe in Iraq nel maggio del 2007 quando una bomba artigianale è esplosa sotto la sua jeep, la scorsa estate ha imparato a fare surf. Con una muta verde, un costume azzurro e rosso pieno di stelle e due nuove protesi fatte apposta per l'acqua, è planato sulle onde del Pacifico. La moglie Sarah, con il pancione che annunciava il loro figlio in arrivo, lo guardava dalla spiaggia della base dei marines di Camp Pendleton. Saul, che ha 23 anni, prima ha imparato a camminare sulle sue nuove gambe di titanio e poi, in un fine settimana all'inizio di agosto del 2008, è entrato nell'oceano insieme a Dave.

«Ci siamo dati tre obiettivi» racconta Dave. «Il primo è la riabilitazione fisica, chi ha perso le gambe deve imparare a usare le protesi finché non è in grado di uscire di casa da solo, fare la spesa e fare sport. Non tutti ce la fanno, ma io considero la mia missione compiuta quando riescono a camminare per un miglio e a stare in piedi per otto ore; poi c'è la ricostruzione delle facoltà cognitive, molti devono reimparare le sequenze dei gesti, la capacità di memorizzare e perfino a chiedere aiuto; infine c'è la parte psicologica, ed è per questo che ho pensato al surf. Il primo passo avviene in spiaggia, quando i ragazzi si mettono in costume e mostrano in pubblico i segni che hanno sul corpo. È un passaggio difficilissimo, ma è l'unico modo per recuperare un certo grado di socialità e imparare a convivere con le domande e gli sguardi delle persone. Poi c'è l'emozione di farsi portare dalle onde, sentire la forza dell'oceano: quando escono dall'acqua hanno un grande senso di realizzazione e di autostima. Ho capito che era la strada giusta quando in acqua ho visto sorridere due ragazzi a cui la guerra ha lasciato solo il torso. Era la prima volta che avevano una sensazione positiva.»

Non appena la notizia che i reduci in riabilitazione facevano surf ha cominciato a circolare, Dave è stato contattato da un gruppo di veterani del Vietnam tutti ormai con i capelli bianchi. Gli hanno raccontato che cavalcavano le onde prima di andare in guerra, negli anni Sessanta, poi non lo hanno fatto mai più, incollati alle loro sedie a rotelle. Hanno chiesto se potevano provare anche loro e ora scivolano sull'acqua con i ragazzi che hanno avuto il loro stesso destino.

La seconda vita di Tammy è cominciata nella sala d'attesa della chirurgia. «I dottori e le infermiere continuavano a parlare di un incidente» adesso comincio a capire perché detesta la parola «e io pensavo che fosse colpa mia, mi ero convinta di aver commesso qualche errore e di aver lasciato che l'elicottero si rovesciasse. Sapevo che anche gli altri erano in gravi condizioni ed ero devastata dal senso di colpa. Finché una mattina, nel reparto di terapia intensiva, ho letto su una lavagna il nome del sergente Chris Fierce, il meccanico dell'elicottero che volava seduto dietro di me. Doveva essere operato anche lui, così ho chiesto all'infermiera di potergli parlare e lei è stata così carina da mettere i letti uno accanto all'altro. Sono scoppiata a piangere e dicevo: "Chris perdonami, spero che riescano a salvarti ma avevo bisogno di chiederti scusa". Lui ha girato la testa e mi ha risposto: "Ma cosa stai dicendo: tu e Dan siete riusciti a portare a terra l'elicottero e ci avete salvato la vita". Quello è stato il punto di svolta, da quel momento mi sono sentita a posto. Allora ho detto a mio marito: "Ti amo, mettimi a lavorare". Ho deciso che volevo guarire e tornare a vivere davvero.»

E così la prima donna soldato ad aver perso entrambe le gambe, la ragazza operata trenta volte in due mesi – «Un giorno di pausa tra un intervento e l'altro per farmi recuperare le forze» – ha deciso che valeva la pena ricominciare a vivere davvero, anche senza due gambe e con un braccio che funziona quando vuole.

È così sorridente, affabile, allegra che tutto appare semplice. Quando ha saputo che il mio volo non era stato cancellato per la neve ma era solo in grande ritardo è tornata in ufficio, nonostante la bufera, solo per rispettare la promessa di farsi intervistare. Questa mattina è stata tre ore in coda in macchina perché la strada da casa sua era bloccata, mentre parliamo si alza per darmi una bottiglietta d'acqua, racconta le sue battaglie politiche, la sua requisitoria al Congresso per denunciare la disattenzione verso i reduci, e poi programma viaggi e riunioni. Riesce a far sembrare tutto naturale.

Ma se glielo fai notare scuote la testa: «Mi stanca indossare le gambe finte. La vita di una persona disabile è dieci volte più complicata. Devi affrontare moltissime difficoltà che ti deprimono, sono i piccoli insulti della vita quotidiana. Poi ci sono quelli grossi: a gennaio dell'anno scorso ho dovuto essere rioperata alla gamba, ne hanno tolto un altro pezzetto. Avrò infezioni al braccio per il resto della vita e ogni due anni dovrò passare in ospedale sei settimane per fare i trattamenti antibiotici. Ma sono ancora viva e stare in una struttura dove c'erano altre persone con i miei problemi mi ha aiutato. Se perdi una gamba in un incidente e sei l'unico del tuo paese, tutti pensano che la tua vita sia finita, che non camminerai mai più, e allora devi lottare contro tutti, non solo contro quel tuo dubbio interno. Ma non è una questione che riguarda solo gli amputati, vale per qualunque tragedia e lutto, vale ogni volta che c'è qualcuno che pensa che sia finita»

«Perché fai le immersioni?» le chiedo guardando l'immagine di lei con la muta e le bombole. «Perché sono divertenti, mi piaceva farle prima e mi piace adesso. È una domanda che mi fanno spesso, la gente si stupisce sempre. La verità è che non volevo dover smettere solo perché non ho più le gambe, è una ragione sciocca per rinunciare a fare le cose. Adoro andare sott'acqua e adoro volare, così adesso piloto piccoli aerei.»

Le sue giornate sono piene di impegni, riunioni, raccolte fondi, incontri politici, telefonate. Le lasciano poco tempo per i rimpianti e le angosce. Ma la notte un sogno la insegue: «Sono di nuovo in Iraq e ho ancora le gambe. Mi capita quando vedo un film sulla guerra, un documentario o troppa informazione sull'Iraq. Vado a dormire in Illinois ma mi ritrovo in Iraq e passo un'intera giornata lì, faccio i miei voli con l'elicottero, seguo le missioni nella sala di comando, sto con i soldati e poi vado a dormire. Quando mi sveglio davvero, sono di nuovo a Chicago. Ma sono sfinita, perché mi sembra di aver lavorato un'intera giornata e perché devo scoprire di nuovo di non avere le gambe».

Dicono che la gente del Pacifico sia più serena, più aperta, adesso va di moda sostenerlo perché Obama è un figlio di quell'oceano. Tammy, come il suo presidente, è cresciuta in Indonesia, come lui ha studiato alle Hawaii. «Tutti mi chiedono se il nostro legame derivi dal fatto che abbiamo un passato comune, che siamo tutti e due misti, figli di culture diverse. Chissà, può essere, ma non ne abbiamo mai parlato: discutiamo di politica, dei bisogni dei soldati e di quelli dei veterani.» Non ce l'ha fatta a entrare in Senato e non era nella lista del governo, ma all'inaugurazione era in prima fila sotto le scale del Campidoglio e, all'inizio di febbraio, si è capito che Obama non l'ha dimenticata: un comunicato della Casa Bianca ha annunciato che il presidente ha scelto Tammy Duckworth come numero due del dipartimento che si occupa dei veterani, dirigerà tutti i programmi per i soldati che sono senza lavoro, che hanno perso la casa o hanno bisogno di cure mediche.

Ma nel suo futuro vede ancora sfide elettorali, molti scommettono che tra due anni si candiderà per diventare la senatrice dell'Illinois: «Oggi ho una libertà che non avevo prima di perdere le gambe, perché il giorno che sono stata ferita era il giorno che dovevo morire. E siccome non sono morta, ora ho la libertà di fare tutto quello che voglio. Devo rispondere solo a me stessa e a Dan Willburn, l'uomo che mi ha tirato fuori dall'elicottero, non vorrei mai fare una cosa che possa farlo vergognare per avermi salvato. Il resto è tutto possibile».

Ogni anno il 12 novembre festeggia il «Life Day»: «Faccio un party perché sono ancora viva. Il destino di un pilota di elicotteri che viene colpito è morire bruciato: quella era la mia paura, quello era il mio incubo peggiore. Invece sono viva: le gambe sono importanti, ma non sono tutto. Io vado al cinema, ordino la pizza, lavoro, faccio politica, bevo una birra, leggo libri, mangio cinese, continuo a volare, vado sott'acqua, mi rimpinzo di cibo al curry, dormo con mio marito, rido, discuto, voto e scelgo i vestiti che mi piacciono di più. Così il 12 novembre è diventato l'altro mio compleanno, celebro l'inizio della mia seconda vita: viene tutto l'equipaggio, gli amici e festeggiamo. Dan mi obbliga a comprargli da bere. Ogni anno. E io gli dico: "Fino a quando andrà avanti questa storia? Dovrò pagarti la birra per il resto della vita solo perché mi hai preso in braccio per un attimo un pomeriggio d'autunno?"».

Ride e guarda l'orologio. Mancano cinque minuti alle otto di sera, acchiappa il cappotto e dice senza esitazioni:

«Dobbiamo andare subito, prima che chiuda il parcheggio». Si alza appoggiandosi al bastone, scendiamo insieme. Di fronte all'uscita mi saluta, non ha bisogno né voglia di essere accompagnata. Esce mentre il vento fa i mulinelli con la neve. Ha solo due minuti per prendere la macchina e guidare per quasi un'ora fino a casa. Resto fermo a guardarla mentre si allontana, con l'ultima frase che mi ha regalato in ascensore: «La verità è che nella vita puoi scegliere di essere triste e sentirti triste o di essere felice ed esserlo davvero, sta a te decidere. Ogni giorno».

VI

Le cinque vite di Mr Cao

La prima vita di Joseph Cao dura solo otto anni e finisce nella confusione dell'aeroporto di Saigon, nel momento in cui la mamma lo saluta e lo lascia lì promettendo che lo raggiungerà presto, ma prima deve andare a cercare il papà. L'avrebbe rivista sedici anni dopo.

La terza vita di Joseph Cao comincia quando decide di non voler diventare un sacerdote, lascia i gesuiti e si trasferisce a New Orleans per cercare una moglie e costruirsi un futuro come avvocato.

La quarta vita di Joseph Cao si apre mentre compra un camper da una monaca buddhista, tre settimane dopo che l'uragano Katrina ha spazzato via la vita precedente.

La quinta vita di Joseph Cao inizia con un mese di ritardo rispetto a Barack Obama: il 6 dicembre 2008 è il primo vietnamita a diventare deputato al Congresso degli Stati Uniti.

L'America che lo ha eletto è quella che gli ha regalato la sua seconda vita, cominciata su un aereo militare da trasporto C130 e segnata dalla solitudine e dallo stupore per quella massa bianca e fredda che cadeva dal cielo nelle pianure del Midwest dove l'avevano spedito.

Il suo ufficio è al primo piano del gigantesco Rayburn Building, il palazzone costruito a metà degli anni Sessanta accanto al Campidoglio di Washington per ospitare gli uffici dei deputati. Fuori dalla porta c'è la bandiera della Louisiana, nella sala d'aspetto una grande cartina di New Orleans, di quelle che ti mostrano come sia un miracolo che la città esista ancora, circondata com'è dall'acqua. Ovunque sono sparsi dépliant turistici di Washington, mappe e cataloghi dei musei, a raccontare che qui lavora un nuovo arrivato in città e che tutti i suoi amici, visitatori e supporter non sanno niente della capitale.

Joseph Cao schizza fuori da una porta, è piccolo, magro e si muove velocissimo, passa da una riunione all'altra ma mi intercetta con la coda dell'occhio e si blocca: «E lei chi è?». «Sono un giornalista italiano, sono venuto a intervistarla per un libro.» «Non ne so niente.» Interviene la sua assistente, che dopo due mesi di telefonate mi ha trovato posto nell'agenda, e chiarisce: «Ti dedicherà un intero capitolo, ti vuole chiedere qual è il segreto per ricominciare ogni volta che si perde tutto». «Non c'è nessun segreto,» si mette a ridere mentre entra in un'altra stanza «è la mia grande fede, sono cresciuto in una famiglia molto religiosa e volevo diventare un prete cattolico per servire i poveri. La fede in Dio mi ha assistito, mi ha dato la forza e la motivazione per superare le avversità e andare avanti. Comunque la cosa mi incuriosisce, si faccia offrire qualcosa e mi aspetti.»

«La fuga da Saigon fu una cosa molto caotica, disperata, impossibile da dimenticare. Avevo appena compiuto otto anni, ero il quinto di otto fratelli. Mia madre disse che dovevamo andare al mare, ma io la guardai e scossi la testa non convinto: "Mamma non andiamo alla spiaggia, andiamo in America". Lei mi rispose solo: "Be', di quello ce ne preoccuperemo più tardi". Poi portò me, mio fratello più piccolo e mia sorella maggiore all'aeroporto, ci affidò a una zia e se ne andò. La gente correva ovunque e gridava "Arrivano i comunisti, arrivano i comunisti", io non capivo cosa volesse dire e non avevo una vera idea di quello che stava succedendo. Abbiamo passato due giorni all'aeroporto, in mezzo alla bolgia: tutti cercavano di scappare sugli aerei militari americani, per salire si faceva qualsiasi cosa, ci si spingeva e si tiravano letteralmente giù gli altri. Ma ce l'abbiamo fatta tutti, mia sorella, mio fratello, mia zia, e siamo riusciti ad andarcene da Saigon.» Joseph Cao, nato nella capitale del Vietnam il 13 marzo 1967 con il nome di Cao Quang Anh, tira il fiato, come se questa fuga dalla guerra, dalla sua famiglia e dai comunisti lo affaticasse ancora oggi, poi prosegue: «Eravamo su un aereo militare, doveva essere un C130: non si respirava, tutti stavano male, vomitavano ovunque, una cosa disgustosa. Nessuno sapeva dove eravamo diretti, poi siamo atterrati alle Filippine».

Lo interrompo: «E tua madre? L'avete ritrovata lì?». «No, mia madre era tornata indietro perché sperava di recuperare papà e di partire per l'America con lui e gli altri miei fratelli. Ma lo ha aspettato inutilmente: purtroppo mio padre, che era un ufficiale militare, non arrivò in tempo. Venne arrestato dalle truppe comuniste e fu mandato in un campo di rieducazione per quasi sette anni. Lei rimase a Saigon, che diventò Ho Chi Minh City, a crescere i miei fratelli.» Si ferma di nuovo e poi molto serio aggiunge: «Non li avrei più visti fino al 1991. Era il 1975. Li avrei incontrati solo sedici anni dopo, quando finalmente riuscirono ad arrivare in America grazie a un viaggio sponsorizzato dai reduci militari. In tutto quel tempo ci scambiammo solo delle lettere, una o due all'anno. Nient'altro».

Nelle Filippine li caricarono su un aereo più grande e li portarono a Guam, la base americana in mezzo al Pacifico dove rimasero quasi quattro settimane. Lì Joseph, mentre faceva la fila per prendere da mangiare, incontrò uno zio che si offrì di tenerlo con lui. Suo fratello invece rimase con la zia, mentre della sorella si persero le tracce. «Per molto tempo non ho saputo che fine avesse fatto, poi ci siamo ritrovati e mi ha detto che era stata data in affidamento a una famiglia americana che l'ha cresciuta.» La tappa successiva fu la base militare di Fort Chaffee, in Arkansas: «Ci rimasi per cinque mesi, in una situazione di quasi prigionia: non ci potevamo muovere e dovevamo aspettare che qualcuno ci "sponsorizzasse", cioè garantisse per il nostro sostentamento. Finalmente a ottobre io e lo zio siamo stati adottati da una ricca famiglia di Goshen, Indiana, ci siamo trasferiti e lì ho fatto tutte le scuole elementari. Ricordo perfettamente i primi giorni: ero molto nervoso, non capivo la lingua e non mi piaceva per niente il cibo. Ma la cosa che mi colpì di più fu la neve. Ricordo molto chiaramente che stavo scendendo dal pulmino della scuola quando ho visto i fiocchi che scendevano. Ho chiesto allo zio: "Cos'è questa roba bianca che cade dal cielo?". Era la prima volta che la vedevo».

I primi anni in America sono stati difficilissimi per Joseph, mentre racconta di quel periodo non ride mai: «Era un tempo pieno di paura per me. Trascorrevo da solo la maggior parte del tempo: a otto anni ho imparato a badare a me stesso, perfino a cucinare, perché mio zio o era a scuola o al lavoro. E non c'erano babysitter, non ne conoscevamo neanche il concetto in Vietnam. Così passavo la maggior parte del tempo in una solitudine totale».

Poi lo zio si sposò, ebbe un figlio e si trasferirono in Mississippi, ma lì gli affari andarono male e nel 1980 si spostarono a Houston. In Texas Cao frequentò le scuole superiori e l'università ed entrò in un seminario dei gesuiti dove rimase per sei anni, prese un master in filosofia alla Fordham University di New York, ma poi abbandonò la Compagnia di Gesù: «Non sono diventato sacerdote per molte ragioni: la prima era che avevo già provato troppa solitudine; l'ho capito dopo un paio d'anni, ma ce ne sono voluti altri quattro per trovare il coraggio di andarmene. La vita celibe non era per me, troppo difficile. L'altra ragione era la mia voglia di cambiamento sociale, di fare qualcosa di pratico per rendere il mondo un posto migliore. E allora mi sono convinto che il modo più veloce per spingere il cambiamento fosse attraverso il processo politico, e i preti non possono fare i politici. Così, alla fine, a decidere sono stati il celibato e la politica». Lasciati i gesuiti, Cao si sposta per un anno in Virginia per insegnare alle scuole medie, poi decide di fare la scuola di legge in Louisiana: «Mi avevano accettato anche in altri posti ma ho scelto New Orleans perché sapevo che c'era una grande comunità vietnamita e io volevo una moglie: è per questo che ci sono andato».

Nel 1998, frequentando la chiesa cattolica vietnamita, finalmente incontra Kate Hoang con cui si sposerà tre anni dopo e da cui avrà due bambine: Sophia e Betsy. «Ebbi la brillante idea di portarla in Vietnam per la nostra luna di miele. Non è stata una grande trovata. Certamente poco romantica. Ci ha ospitati mia sorella, che alleva polli e maiali, ogni mattina ci svegliava il gallo e abbiamo goduto dell'odore del porcile e del pollaio per tutto il soggiorno. Faceva un caldo terribile e naturalmente non c'era l'aria condizionata.»

A New Orleans comincia a lavorare come avvocato, specializzandosi nelle leggi sull'immigrazione, e fa il volontario per un'organizzazione che si occupa di rifugiati vietnamiti. Compra casa a Venetian Isles, sobborgo della città nella zona est, quella più esposta alle piene del lago e dei canali, e apre uno studio legale. «La domenica prima dell'arrivo dell'uragano Katrina stavo facendo gli ultimi lavori di ristrutturazione della nostra villetta a due piani, allora – era la fine di agosto del 2005 – mia figlia Sophia aveva due anni e Betsy uno soltanto. Pensavamo di dover evacuare, come avevamo fatto molte altre volte nel passato, sicuri che saremmo tornati a casa dopo un paio di giorni senza problemi. Avevo deciso di portare mia moglie e le bambine a Panama City, non troppo lontano da New Orleans, lì dove comincia la parte di Florida che affaccia sul Golfo del Messico. Doveva essere quasi una vacanza, invece ci trovammo a guardare su Internet le foto satellitari della devastazione: è incredibile l'impotenza e la disperazione che puoi provare nel vedere sullo schermo di un computer la tua casa e il tuo quartiere sommersi dall'acqua, cancellati dall'inondazione, senza più vita. Siamo rimasti in Florida solo tre giorni, volevamo tornare a tutti i costi in Louisiana, ma la strada era distrutta già in Alabama, così facemmo un giro interminabile passando da nord e procedendo lentissimi per consumare meno benzina possibile, perché i distributori erano tutti chiusi.»

Mentre parla chiude gli occhi e con un dito disegna nell'aria una cartina immaginaria del Sud degli Stati Uniti: «Siamo risaliti in Alabama e Mississippi e poi riscesi fino a Baton Rouge. Non so come ci siamo arrivati, quando ho fermato la macchina davanti alla casa di mia cognata, che viveva lì, non c'era più una goccia di benzina. Siamo rimasti per tre settimane e poi io e mia moglie abbiamo deciso di tornare a New Orleans, di nascosto perché era ancora vietato. Abbiamo trovato un asilo nido dove lasciare le bambine e siamo partiti. Quello che vedemmo ci lasciò devastati: in casa c'erano ancora due metri e mezzo d'acqua, del piano terra non era rimasto nulla e di sopra la pioggia e il vento avevano sollevato il tetto. Abbiamo perso tutto: le foto, i ricordi, i libri. Tutto quello che ci apparteneva era stato sommerso. Anche il mio studio legale era stato distrutto: carte, documenti e faldoni portati via dall'acqua».

La prima reazione di Joseph è quella di scappare, di ricostruirsi la vita da un'altra parte, di rimuovere tutto un'altra volta. Il deputato Cao si è dimenticato di essere nel suo ufficio al Congresso, di avere appuntamenti e riunioni, della presenza nella stanza di un suo assistente che sta finendo di scrivere una proposta di legge. Il suo tono si fa concitato e alza la voce: «Dopo aver visto la casa ci siamo rimessi subito in macchina, volevamo andare dalle bambine, liberarci di quell'incubo. Ma sulla strada mi sono fermato e ho detto a mia moglie che dovevamo tornare indietro, che questa volta non dovevamo scappare: io avevo il mio studio legale, lei stava studiando per diventare farmacista, dovevamo tornare a New Orleans per ricostruire. Non avendo più una casa abbiamo comprato un camper da una suora buddhista. Era una mia cliente e l'ho incontrata per caso a Baton Rouge, mi ha raccontato che lei e le sue sorelle avevano deciso di trasferirsi lì e di non vivere più in modo itinerante. Le ho chiesto se allora voleva vendermi il camper e me lo sono aggiudicato per 25mila dollari. Così abbiamo recuperato le figlie e siamo tornati tutti insieme a New Orleans a bordo della nostra nuova casetta con le ruote».

La famiglia Cao vivrà in camper per cinque mesi. Joseph riorganizza tutti i file dell'ufficio, si procura il duplicato di tutti i documenti persi e ricostruisce lo studio. Con le sue mani: «Avevo riunito un po' di pescatori a cui Katrina aveva distrutto le barche e abbiamo rimesso in piedi la palazzina dove c'era il mio studio e poi anche casa mia. Ci abbiamo messo quasi un anno e mezzo». Ma mentre Joseph e i suoi pescatori ricostruiscono, la città resta paralizzata, si rassegna ad aver perso metà della sua popolazione, ad avere lo stesso numero di abitanti di un secolo fa. La zona di Venetian Isles è ancora devastata: «Eppure New Orleans si potrebbe salvare: bisogna fermare l'erosione della costa, ricominciare a ricostruirla e alzare gli argini a un livello che possa resistere a un uragano di categoria cinque. Ci vogliono molti soldi e molto tempo, ma io penso che lo dobbiamo fare».

La rabbia per l'immobilismo che vede intorno a sé diventa il motore della nuova vita di Joseph, lo trasforma in un attivista della rinascita della città, lo spinge a fare politica. Sceglie il Partito repubblicano, perché quelli che «non stavano facendo nulla» erano democratici e perché è un convinto sostenitore dei temi "pro-life", significa che vorrebbe rimettere in discussione le leggi sull'aborto: «Per me la questione fondamentale è che la vita è sacra».

Nel 2007 si candida per diventare deputato statale, è una corsa a sei e finisce quinto: «Non sono andato molto bene... ma anziché ritirarmi ho pensato che dovevo alzare il tiro, che bisognava promuovere il cambiamento sociale, che si dovevano dare risposte ai bisogni di New Orleans, così mi sono candidato al Congresso. A tre anni e mezzo da Katrina ci sono ancora molte zone devastate, dove non torna nessuno e allora io mi sono presentato con un unico programma: far ripartire la ricostruzione».

Ma a due mesi dalle elezioni e alla vigilia della Convention repubblicana che avrebbe incoronato John McCain arriva un altro uragano, ha un nome maschile: Gustav. La città viene completamente evacuata, sigillata dall'esercito, siamo in campagna elettorale e nessuno vuole altre scene di distruzione e morte.

I Cao partono in macchina, questa volta non vanno in Florida ma guidano verso nord fino a Minneapolis: l'assemblea del Partito repubblicano diventa la loro meta e il luogo dove scappare. La loro casa si allaga di nuovo, ma per fortuna sono solo 40 centimetri d'acqua. Le elezioni a New Orleans però slittano di un mese, perché nei giorni in cui avevano convocato le primarie, all'inizio di settembre, non c'era nessuno che potesse votare. A sorpresa il 6 dicembre Joseph Cao diventa il deputato di New Orleans. È il primo repubblicano a vincere questo distretto dal 1891. Batte il nero William Jefferson che da nove elezioni deteneva il seggio, ma che era stato accusato di corruzione dall'Fbi. Proprio l'ufficio in cui siamo seduti, che porta il numero 2113, detiene il singolare record di essere l'unico in tutto il Congresso a non essere mai stato perquisito da agenti federali. E oggi ospita il primo vietnamita eletto deputato: «Quello che è speciale dell'America sono le opportunità, queste elezioni, quella di Obama e più in piccolo la mia, hanno dimostrato che possono essere superati ostacoli razziali e pregiudizi e che anche le minoranze possono avere successo. Non sono sicuro che accada in molti altri Paesi». Gli chiedo però di dirmi che cosa non gli piace dell'America, che cosa vuole cambiare: «Si fa troppo affidamento sulla tecnologia, c'è troppo individualismo, è stata persa una parte dello spirito dei Padri Fondatori. Io vorrei vedere un'America che rimette al centro le comunità, in cui la gente si aiuta a crescere e a prosperare».

Parla come Obama, predica continuamente il cambiamento e ripete alle sue figlie esattamente le stesse parole che Michelle Obama dice alle sue: «Devono lavorare sodo, studiare tanto e restituire quello che hanno ricevuto alla comunità».

L'ultima domanda che gli faccio è la prima a cui aveva risposto al volo nella sala d'aspetto: «Dove ho trovato la forza per ricominciare ogni volta? Credo che sia grazie a due cose: la prima è la fede, la fede in Dio, la seconda penso che sia scritta nel mio Dna, nei miei geni, che io l'abbia ereditata da mia madre, una donna incredibile. Ha cresciuto cinque figli da sola, mentre si doveva anche prendere cura di mio padre e di uno zio che erano chiusi nel campo di rieducazione. Prima della caduta di Saigon ha cresciuto otto bambini senza alcun aiuto. Mio padre era sempre via, era militare e non lo vedevamo mai. Ho ereditato la mia forza e la mia capacità di resistere, quella che in America chiamano "resilienza", da lei. Non ha mai mollato nella vita, anche quando è venuta qui dal Vietnam ha lavorato come cuoca nel ristorante di mia zia, a Houston, per dieci anni. Mio padre invece ha trovato posto in un supermercato e sono riusciti a mettere via abbastanza soldi per comprarsi una casa».

C'erano anche loro il 6 gennaio: la madre ha spinto la sedia a rotelle del padre dentro il palazzo del potere di Washington per guardare Joseph giurare con accanto le bambine, vestite con due costumini tradizionali vietnamiti, uno rosso e uno giallo. Erano lì per vedere quel figlio, che avevano perso per sedici anni, entrare da protagonista nel Campidoglio degli Stati Uniti.

VII

La scatola

Il 14 ottobre 2007 il «New York Times» dedicò il supplemento domenicale al racconto della vita a Manhattan nella «Seconda Età dell'oro». In copertina c'era l'immagine di un tombino in oro massiccio, all'interno le storie di una nuova schiera di professionisti superpagati: dai consulenti per la gestione delle ricchezze familiari alla decoratrice di camerette per neonati, dalla nutrizionista di Park Avenue che consigliava ai suoi clienti cosa fosse meglio mangiare in ogni ristorante della città all'angelo custode della salute che, per una cifra tra 8mila e 40mila dollari l'anno, garantiva ai clienti i migliori medici e le migliori cure in caso di emergenza in qualunque parte del mondo si trovassero. Ma il simbolo migliore dell'«Età dello Spreco» era l'organizzatrice di eventi mondani Polly Onet. Dopo essersi specializzata in feste di matrimonio per milionari newyorkesi, che si tenevano in castelli medievali irlandesi e duravano anche quattro giorni, aveva trovato il suo filone d'oro nei pargoli dei nuovi ricchi. Una festicciola di compleanno per un bambino di otto anni e i suoi compagni di scuola costava almeno 120mila dollari, ma i clienti non mancavano, felici di far giocare i loro figli in un castello di cioccolata che alla fine del pomeriggio avrebbero mangiato a morsi.

I bambini inconsapevoli e i loro genitori accecati dal benessere non sapevano che la festa non sarebbe durata a lungo. Esattamente un anno dopo, Lisa Traina, un'altra protagonista della Manhattan glamour, la donna che organizzava i ricevimenti alla Rainbow Room, la sala per i party più spettacolare di New York, sarebbe stata licenziata. Non perché non fosse brava, ma perché non c'era più niente da celebrare al sessantacinquesimo piano del Rockefeller Center: nessuno chiedeva più di brindare con lo champagne ammirando l'intero panorama della città di notte. Ma nella sua caduta dalla cima del mondo Lisa avrebbe trovato una nuova ragione di vita: ora passa le sue giornate a cercare di convincere il nuovo esercito degli homeless a varcare il portone rosso della Bowery Mission, l'organizzazione di carità che sorge accanto all'avveniristico New Museum, per avere un pasto o un tetto per la notte.

Il 6 aprile 2009 la copertina del settimanale «Time» era tutta bianca e portava al centro un pulsante rosso con la scritta «Reset» e il titolo: *La fine degli eccessi*. Nei diciotto mesi trascorsi fra queste due prime pagine è successo di tutto: abbiamo assistito alla più grande perdita di ricchezza mai vista nel secondo dopoguerra, al crollo di Wall Street e del sistema finanziario, alla fine dei dogmi del liberismo anglosassone, a un piano senza precedenti di intervento pubblico nell'economia degli Stati Uniti e alla processione dei manager licenziati che se ne vanno dall'ufficio con una scatola tra le braccia.

Il pulsante rosso che ha azzerato tutto è stato premuto alla fine dell'estate del 2008, mentre l'America era concentrata a seguire la corsa elettorale. Pochi si aspettavano un gesto così forte e netto, anche se i segnali, dal crollo del mercato immobiliare all'indebitamento non più sostenibile, c'erano tutti. La mattina del 12 settembre avevo avuto la fortuna di fare colazione, insieme all'ingegner Carlo De Benedetti, con l'uomo che sarebbe diventato il guru della crisi: l'economista Nouriel Roubini, l'unico capace di prevedere con largo anticipo cosa esattamente sarebbe accaduto. Mentre imburrava metodicamente delle fette di pane su cui avrebbe poi spalmato la marmellata, con un tono calmissimo disse che a Natale non ci sarebbe più stata una sola banca d'affari indipendente in America: «O falliranno o verranno comprate da qualche banca commerciale». Poi inzuppò la prima fetta nel tè e vaticinò: «Probabilmente la prima sarà Lehman Brothers». Mi sembrava di ascoltare un racconto di fantascienza, ma quattro giorni dopo, all'alba di lunedì 15 settembre, ero sotto la sede dell'istituto fondato dai fratelli Lehman nel 1850 a Montgomery, in Alabama, per vedere le facce impietrite dei manager a cui crollava il mondo addosso.

All'angolo tra la Settima Avenue e la Cinquantesima Strada erano stati costretti a spegnere gli immensi schermi a cristalli liquidi con il logo della compagnia che trasmettevano giorno e notte immagini rasserenanti: prati, montagne, campi di grano, scogliere, oceani. Turisti e passanti si accalcavano per farsi fotografare davanti all'ingresso di questo grattacielo mentre i diecimila dipendenti entravano in silenzio. Avevano avuto l'ordine di non parlare con i giornalisti e quasi tutti lo rispettarono.

La sera prima, quando il sito Internet del «New York Times» per primo aveva dato la notizia della bancarotta, avevo capito che Roubini ci aveva preso, allora mi ero messo a telefonare a tutti gli amici che lavoravano in finanza chiedendo se conoscevano qualcuno di Lehman Brothers disponibile a raccontarmi cosa stava accadendo lì dentro. Dopo tre ore avevo il mio uomo, un ragazzo di tre anni più giovane di me che mi diede appuntamento l'indomani mattina prestissimo nello Starbucks di fronte alla banca.

Quando molti dei manager e dei broker già dormivano, prima di mezzanotte, la direzione di Lehman aveva spedito due e-mail: la prima diceva di presentarsi regolarmente al lavoro lunedì mattina, la seconda spiegava che sarebbe stata una «giornata normale»: bisognava tenere vive le attività, occuparsi dei clienti e cercare di dare spiegazioni.

«Ho 36 anni, sono un senior vice-president e guadagnavo tra 750mila e un milione di dollari all'anno.» Non faccio a tempo a ordinare due caffè che già ha cominciato a spiegarmi quello che secondo lui devo sapere subito: «Oltre l'80 per cento del mio stipendio è composto dal bonus che arriva a gennaio e che non vedrò mai: ho lavorato più di otto mesi per niente, è sfumato tutto. Certo prendevo un sacco di soldi, ma per vivere qui, per pagare le scuole dei figli, le assicurazioni, affitti da 10mila dollari al mese, quella è la cifra che devi prendere. Se vuoi vivere bene a Manhattan non puoi guadagnare meno di mezzo milione. E poi organizzi la tua vita contando sul fatto che quei soldi arriveranno: c'è chi aveva comprato casa aspettando di saldare a gennaio e ora si trova senza niente in mano. L'affitto va pagato finché non scade il contratto e bisogna subito fare i conti per sapere quanto si può sopravvivere a New York senza stipendio. Quelli della mia età già ieri sera si sono messi a cercare un altro posto, ma chi ha cinquant'anni è disperato, non ha mercato e ha perso tutti i risparmi che aveva messo nella banca.» Dopo questa necessaria introduzione chiude i gemelli ai polsini della camicia e mi dà un altro appuntamento a mezzogiorno, al laghetto che sta nell'angolo sudest di Central Park. Sembra sereno e distaccato, ma dopo sei ore dentro il delirio di una bancarotta che nessuno avrebbe mai potuto immaginare si presenterà con un'altr tra voce. «Alle dieci di mattina» racconta «l banca ha deciso di bloccare il server della po il traffico in uscita aveva toccato un picco record e s fuso il timore che stessero uscendo documenti, dati, elenc di clienti. Di certo stavano uscendo curriculum. Dopo un attimo di incertezza, sono tutti passati sui loro indirizzi di posta privata e hanno ripreso a cercare lavoro. È una gara a chi è più veloce, elastico e flessibile: restare a New York, puntare sull'Europa o trasferirsi a Singapore piuttosto che a Dubai. E poi, prima di sera, bisognerà fare uno scatolone con gli effetti personali e lasciare la scrivania vuota».

A sera la processione dei dipendenti che escono con i loro scatoloni in braccio è mesta. Hanno ancora tutti la cravatta, anche il nostro broker, che ha l'abito blu, le scarpe nere e la camicia bianca con i gemelli d'oro: «Abbiamo rispettato il codice di comportamento fino all'ultimo: bisogna portare sempre la cravatta e la si può allentare, slacciando l'ultimo bottone, solo dopo le cinque o se a Wall Street c'è una seduta davvero pesante. Quest'estate ci hanno detto che potevamo toglierla il venerdì pomeriggio e molti l'hanno letto come un segno della crisi, come un modo per risollevarci l'umore». Non ha niente in mano: «Avevo soltanto due spazzolini e un tubetto di dentifricio, esco pulito così come ero entrato». La sera lascia spazio alla tristezza e anche alla consapevolezza che ad aver distrutto tutto è stata la smania di inventare sempre nuovi strumenti finanziari e di piazzare sul mercato spazzatura travestita da occasione: «Forse era giusto che finisse così, per ricordare a Wall Street che la furbizia non vince sempre, che non si può pretendere di vendere qualunque cosa solo perché si è capaci di impacchettarla bene. Forse è un atto catartico, forse può servire a ripartire più sani».

La processione si allunga: le segretarie sono quelle che hanno le scatole più grosse, piene di foto, cartoncini, pupazzetti. Erano loro a rendere l'ambiente un po' più umano, sono quelle che domani faranno più fatica di tutti a sopravvivere. Insieme ai cuochi e ai camerieri che, in guanti bianchi, servivano i direttori e i loro clienti nelle salette riservate nell'attico spettacolare del trentaduesimo piano.

Da quel giorno mi è rimasta la fissazione per le scatole dei licenziati, per la fine che hanno fatto e per il destino dei loro proprietari. Il mio broker di Central Park dopo essere uscito senza scatola e senza niente ha avuto la fortuna di rientrare nello stesso palazzo e di riprendere possesso della sua scrivania: lo aveva voluto Barclays Capital, la banca inglese che aveva rilevato una parte delle attività di Lehman. Volevo capire se in quelle scatole era rimasta intrappolata la vecchia vita, quella della ricchezza e del successo, e cosa avevano fatto a partire dalla mattina dopo il giorno del licenziamento.

Le due scatole che ho seguito sono uscite da un grattacielo ottagonale alto 230 metri che occupa l'isolato tra la Quarantaseiesima e la Quarantasettesima Strada su Madison Avenue. Per due anni l'ho avuto davanti alla finestra del mio ufficio, lo vedevo tutti i giorni ma non sapevo cosa fosse e chi lo occupasse. La sera, la corona di vetro alta venti metri sulla sommità dell'edificio si illuminava, era il simbolo del potere e dell'onnipotenza della finanza e dei suoi occupanti: gli uomini di Bear Stearns. Questa società restò invincibile fino a marzo del 2008, quando crollò di schianto perché aveva la pancia piena di titoli velenosi, quelli legati ai mutui più a rischio. Era sopravvissuta alla crisi del '29 e alla Grande Depressione senza licenziare nessuno, ma quattro giorni prima che cominciasse la primavera venne acquistata da JP Morgan per la cifra ridicola di due dollari per azione, poi alzati a dieci. Dei suoi quindicimila dipendenti, due terzi persero il posto. «Quella mattina ricordo che in giro era ancora pieno di orsetti di peluche, erano il simbolo della società e li regalavamo ai clienti, ma in poche ore scomparvero tutti. Molti si erano resi conto che era finita ed erano già a caccia di memorabilia da vendere su Internet.» Stephen Chen è nato nel Bronx, ha i capelli a spazzola e tratti somatici orientali, era vicepresidente della divisione «Business Strategy», non lo mandarono a casa subito ma aspettarono il 30 ottobre. La sua scatola, quando è uscito per l'ultima volta, era leggerissima: «Avevo avuto tutto il tempo per riflettere sul destino che mi aspettava, per cominciare ad analizzare la mia vita: decisi di portare via con me solo le cose che valevano davvero e abbandonai tutto il resto. C'erano giusto le fotografie degli amici, della mia famiglia e un paio di cravatte». Le foto oggi sono appoggiate sulla libreria di casa e le cravatte ancora buttate sulla scrivania: «Da allora non ne ho più messa una, da allora vivo in jeans e scarpe da tennis». Quando è stato fatto fuori, Stephen aveva solo 26 anni e da due occupava un ufficio al terzo piano del grattacielo.

La scatola di Iris Chau, 35 anni, capelli lunghi neri, una sciarpa color avorio attorno al collo, era invece uno scatolone pesantissimo, simbolo di undici anni passati alla JP Morgan. Era arrivata nel palazzo ottagonale al 383 di Madison Avenue insieme ai colleghi che dovevano colonizzare la nuova terra conquistata, quella di Bear Stearns. Le diedero un ufficio al 34esimo piano, era vicepresidente del settore che si occupava delle piattaforme tecnologiche e informatiche su cui si poggiava l'attività finanziaria. Guadagnava 200 mila dollari l'anno al netto dei bonus e ha avuto il suo posto fino alla fine di gennaio. Non l'hanno licenziata, ma hanno spiegato a lei e ai trenta della sua squadra che il loro posto di lavoro, per risparmiare, sarebbe stato spostato in Texas, dall'altra parte degli Stati Uniti, a sole venticinque ore di macchina di distanza. «Naturalmente ho capito il messaggio e ho subito preparato la mia scatola.»

La scatola era talmente piena che non gliela lasciarono portare fuori, volevano prima ispezionarla e poi gliel'avrebbero spedita a casa. «Era piena di foto, tazze con il logo della compagnia, manuali di informatica, caramelle, snack, blocchi per appunti, penne, oggetti che tenevo sulla scrivania e piccoli ricordi. Non l'ho mai svuotata, è ancora appoggiata nel punto esatto in cui l'ho messa la mattina in cui me l'hanno consegnata: a metà strada tra il divano e il camino. Non ho il coraggio di aprirla, di rituffarmi dentro e allora sta ferma lì e mi ricorda la mia vita passata.»

Stephen e Iris si sono conosciuti nel Queens a una regata di «dragon boat» cinesi, quelle lunghe canoe con la testa di drago a prua che sono mosse da un equipaggio di venti persone. Il destino li ha uniti anche nella caduta: tutti e due sono stati cacciati dal castello ottagonale e ora hanno deciso di ripartire assieme.

Vado a trovarli nel loro minuscolo ufficio a Desbrosses Street, nel quartiere di Tribeca, dove si sono inventati la loro nuova vita a metà strada tra il business e la beneficenza: stanno per lanciare sul mercato americano ed europeo un paio di sandali fatti a mano in Cambogia riciclando pneumatici usati e camere d'aria. Per ogni paio di scarpe vendute a 45 dollari ne regaleranno uno ai bambini che in Asia vivono scalzi. La compagnia si chiama GreenSoul Shoes, l'idea è di Stephen che voleva riconciliare la sua vocazione per gli affari con una sensibilità verso il mondo, ma i soldi per partire vengono dalla consistente liquidazione che Iris ha preso da JP Morgan.

Gli chiedo se hanno dei rimpianti, cosa gli manca della vita precedente. «Non mi manca la sveglia: per essere in ufficio alle 7 del mattino» mi racconta Stephen «mi dovevo alzare prima delle 5 e 30. E poi non mi manca il fatto che eravamo concentrati solo sul profitto, sull'esigenza di fare continuamente più soldi. Ho sempre pensato che esistono i lavori dell'anima e quelli che invece ti riempiono il conto in banca, il trucco sarebbe riuscire a far coincidere le due cose. Non è che da un giorno all'altro mi faccia schifo il denaro, e penso che se avremo successo potrò tornare a guadagnare come prima, ma adesso soddisfo anche il mio bisogno di avere una missione sociale.»

Iris è meno netta, ora capisco perché la scatola è ancora intatta: «Sono molte le cose che mi mancano: le facce dei colleghi, l'organizzazione del lavoro, quell'agenda che ti dava un ordine e un ritmo, lo stipendio e quel ruolo di guida di una squadra. Ma di due cose non sento la mancanza: alzarmi all'alba per correre in un ufficio dove sarei rimasta quattordici ore e la vergogna di dire che facevo la manager in una banca d'affari. Per molto tempo era stato un vanto, qualcosa di prestigioso, un vero e proprio status symbol, tanto che gli amici mi chiedevano se c'era un posto anche per loro. Negli ultimi mesi invece era diventata una macchia, qualcosa di cui vergognarsi, una sera mi hanno presentato un ragazzo a casa di amici e quando gli ho spiegato dove lavoravo ha fatto una smorfia e ha detto: «Ah, allora sei una di loro». Iris non smette più di parlare, ha un tono di voce dolce e molto composto, ma è come se non stesse aspettando altro che liberare tutti i pensieri che si è tenuta dentro in questi mesi. I giornali sono pieni di storie di manager disperati che non riescono a rassegnarsi all'idea di essere stati cacciati dall'Olimpo, ma anche di manager che hanno scelto di lavorare nel volontariato e nelle organizzazioni non profit: «Molti dei miei colleghi sono scomparsi, sono chiusi nelle loro case pieni di rabbia. Il problema è che non avevano tenuto viva nessun'altra fiamma nella loro vita. Io avevo sempre avuto l'idea che era possibile fare altro, vivere in maniera differente».

La crisi di Wall Street, la crisi del lavoro e di un modello di finanza senza regole ha sconvolto le loro vite, li ha spinti a cambiare radicalmente idee e prospettive, ma restano convinti che l'America abbia dato a loro che sono figli di immigrati una possibilità che da nessun'altra parte avrebbero avuto: «A New York arriva gente da tutto il mondo che non ha niente e in una generazione fa il salto. Mia nonna coltivava l'orto fuori da un villaggio di campagna cinese, non aveva scarpe ed era poverissima, mio padre si è laureato in medicina a Lima in Perú, io sono nata lì e da bambina aiutavo mia madre a mandare avanti un ristorante. Poi sono arrivata qui e ho studiato al Queens College e poi alla Columbia University, prendendo sempre delle borse di studio, e alla fine sono salita fino ai piani alti di JP Morgan. Non importa se oggi quella storia è finita, importa che qui non esistono limiti alle tue possibilità».

Mi fanno vedere le loro scarpe, le acquistano nei villaggi dove vengono prodotte da anni con pochi tagli netti di coltello, non vogliono aprire fabbriche in Cina e distruggere una piccola economia locale cambogiana. Hanno individuato i loro clienti, a cui cercheranno di vendere i sandali con una strategia di marketing realizzata interamente su Internet, nella «Generazione Y», quelli che hanno tra i 14 e i 29 anni: «La generazione che si è innamorata di Barack Obama, che è cresciuta con l'iPod, che segue la moda ma è sensibile ai temi ambientali ed energetici. Ma anche quella parte della generazione dei trentenni che ha una filosofia di vita salutista e "verde", che vuole prodotti sostenibili e vive a San Francisco, nell'Upper West Side di Manhattan o ad Austin in Texas».

Sono convinti di farcela a ripartire, a un altro livello e con altre aspettative, ma soprattutto, come ci tiene a dirmi Stephen prima che li saluti, con un'altra idea della vita: «Non avevamo dubbi, non discutevamo e non dialogavamo mai, non pensavamo che potesse esistere un modo migliore o diverso di fare le cose. Io alla fine penso che quello è stato il grande errore che ci ha fatto precipitare tutti: non aver mai coltivato il dubbio».

VIII

Biscotti fatti in casa

«Guardatemi: sulla mia testa non è stata spruzzata una polverina magica, neanche su quella di Barack, e non c'è stato nessun miracolo. Eravamo ragazzi come voi e un giorno ci siamo resi conto che ognuno ha il destino nelle sue mani. Allora ho deciso che avrei ascoltato i miei genitori: ho lavorato sodo e mi sono impegnata ancora di più quando qualcuno metteva in dubbio che ce l'avrei fatta, perché volevo dimostrare a tutti i costi che si sbagliavano.» È il pomeriggio del 10 febbraio 2009, Michelle Obama sta uscendo dal Mary's Center, un centro che si occupa della salute nel quartiere di Adams Morgan, il cuore della comunità ispanica di Washington. Ha già parlato per tre quarti d'ora, ha fatto le foto e sta salutando quando una ragazza di sedici anni le chiede a bruciapelo: «Ma perché è voluta venire qui a incontrarci?». Allora lei si ferma, torna indietro, si siede con i nove adolescenti che sono rimasti e comincia a raccontare: «Perché mi hanno insegnato che se nella vita si riceve, poi bisogna essere capaci di restituire. Perché mi hanno insegnato che devi conoscere la comunità in cui vivi, devi farne parte e impegnarti attivamente. Ma soprattutto perché io ero come voi. Non sono arrivata fin qui perché avevo alle spalle grandi ricchezze o buoni contatti e così penso che per ragazzi che vengono da comunità senza risorse come la vostra sia importante incontrarmi. Non è la First Lady che dovete guardare, ma la ragazza come voi, e rendervi conto che non c'è stata nessuna magia, solo tanto impegno».

La prima volta che sono riuscito ad avvicinarla è stato a Plymouth in New Hampshire nel gennaio 2008. L'avevo già vista quasi un anno prima quando, nel gelo di Springfield in Illinois con 11 gradi sotto zero, Barack Obama aveva lanciato la sua candidatura sulle note di *City of Blinding Lights* degli U2. Mi era sembrata una donna molto studiata e compresa nella parte di aspirante First Lady. Gli esperti di immagine e comunicazione avevano organizzato un finale perfetto dal punto di vista teatrale: le figlie Malia e Natasha, allora di otto e sei anni, aspettavano papà Barack sulle scale del vecchio Campidoglio, dove partì anche l'avventura di Abramo Lincoln, giocando a dondolarsi con il corrimano. Erano infagottate nei loro cappottini e una aveva la sciarpa e il cappello di lana bianco e l'altra rosso: guarda caso proprio i colori del logo elettorale che veniva presentato quel giorno. Sembrava tutto casuale, ma la scena funzionava troppo bene per non essere stata studiata a lungo: Barack arriva muovendosi e dondolandosi come un giocatore di basket, le abbraccia, si gira e comincia a salutare insieme a loro. Le bambine sono perfette, ridono, alzano le braccia insieme al papà, i fotografi impazziscono. Stanno per rientrare nel Campidoglio con naturalezza, come fosse casa loro, come fosse la Casa Bianca, quando tornano fuori d'improvviso facendo un saltello a ritmo di musica, come gli attori per il bis, per un ultimo applauso. A quel punto entra in scena Michelle per completare il quadretto familiare e tutti insieme si congedano tenendosi per mano. Mi erano sembrati molto bravi, molto coscienti di cosa funziona oggi in televisione e molto furbi.

Invece quella sera in New Hampshire, di nuovo in mezzo alla neve, di nuovo sotto zero, ho scoperto dove sta il deposito di energia di Barack Obama, dove è nascosto il suo motore, la capacità di indignarsi e non mollare. L'ho scoperto in un garage, cinquanta sedie, un tavolo con i biscotti al cioccolato fatti in casa, delle tortine glassate con il solito simbolo della campagna elettorale, preparati da un gruppo di pensionate, una cassa di lattine di Coca-Cola e due thermos con il caffè. Centoventicinque persone, di cui cento sopra i sessant'anni, un piccolo leggio con un microfono e un mazzetto di roselline rosse avvolte nella carta velina gialla, disegni di bambini appesi al muro con la scritta «Plymouth loves Michelle». Ecco «la prossima First Lady degli Stati Uniti» annuncia Allyson Brown, l'insegnante elementare di questo paesino in mezzo ai boschi innevati, incastrato tra i laghi e le montagne del New Hampshire. Lei prende la parola e comincia a parlare senza sosta, per sessanta minuti esatti, a braccio, in maniera appassionata e tagliente. Dice cose faticose e dure sull'America, presenta un lato radicale e impegnato che Barack Obama ha smussato con l'oratoria morbida e il sorriso. Lei invece è sarcastica, ironica, pungente. La sua storia è diversa da quella del marito, è cresciuta nel ghetto nero di Chicago e suo padre lavorava all'acquedotto. Michelle è alta, ha le mani lunghe e curate, veste con un collo alto azzurro, stivali di vernice senza tacco e una gonna color cammello al ginocchio. Unica concessione al lusso un grosso brillante al dito. Li saluta con un «hallo» e comincia a raccontare la sua storia.

«Vengo dal South Side di Chicago, ho 43 anni, mio padre ogni mattina indossava la tuta blu e andava a fare l'addetto alle pompe dell'acqua, lavorava solo lui, mia madre stava a casa ad accudire me e mio fratello. Vivevamo del suo piccolo salario in un appartamento minuscolo, ma ha sempre pagato tutti i conti e in tempo. Perché allora ci dicevano che si doveva fare così, che non era possibile vivere a debito. Lavorava duro, non cercava scuse e non si è mai lamentato anche se si è ammalato di sclerosi multipla a soli trent'anni. Alla fine faceva fatica anche a tirarsi su dal letto ma non diceva nulla e non ha mai perso un solo giorno di lavoro. Ci ha mandato alla scuola pubblica del quartiere, dietro l'angolo, ma era dignitosa e non c'era altra scelta. Facevamo una vita semplice e ordinaria, ma allora era possibile crescere una famiglia con un solo stipendio. Ed è riuscito a mandare i suoi due figli a Princeton. La storia di mio padre è la storia dell'America.»

Nessuno dice una parola, nel garage c'è un assoluto silenzio. Qui è tutto bianco, dalle facce alle casette, e i ghetti non li hanno mai visti. Ma lei prosegue, non dice quello che un consulente elettorale suggerirebbe di raccontare, non edulcora quella che ritiene «la vera realtà dell'America». «Oggi la vita non è più alla portata di molti, di troppi. La qualità delle scuole cambia drasticamente da un quartiere all'altro, la gente troppo spesso se si ammala finisce in bancarotta. Tuo figlio ingrassa? Ti dicono di dargli verdura fresca ogni giorno e cibo sano, ma non te lo puoi permettere. Princeton? Oggi i costi dei college sono impossibili per un sacco di famiglie e chi ci prova poi si trova coperto di debiti e sarà costretto a cercare di guadagnare in fretta. I lavori "sociali", come l'insegnante o l'educatore, non li può più fare nessuno altrimenti non saprebbe come pagare le rate. Le coppie giovani non riescono ad avere l'assicurazione sanitaria per i figli e si sentono umiliate. Non sto esagerando, ogni anno diventa sempre più difficile per la gente normale riuscire a vivere decentemente, e non ha fatto differenza che ci siano stati i repubblicani o i democratici al potere. Eppure siamo in un Paese ricco, abbiamo avuto anni da record, ma il boom c'è stato solo per alcuni.»

Le persone che sono venute per ascoltare hanno quasi la testa abbassata, investite da questa carica di passione e da questo scenario cupo – e pensare che la crisi economica e la recessione erano ancora inimmaginabili – ma lei continua facendo larghi gesti con le mani. «Siamo dominati dalla paura che ci ha isolato, ognuno è chiuso nella propria casa. Paura di chiunque e di ogni luogo, paura che si mangia la fede, la fiducia e la speranza e che ti paralizza. La vita è sempre più difficile per le persone, ma non riusciamo neppure ad accorgercene, costretti come siamo con la testa sott'acqua. Tutti i figli di questo Paese devono avere il diritto di scegliere, devono avere ogni possibilità senza pregiudizi razziali, politici ed economici e la società li deve sostenere perché possano trovare il loro posto nel mondo.»

L'atmosfera è pesante, allora si ferma e cerca di alleggerire con un paio di battute: «A proposito, grazie per aver comprato i libri di Barack, grazie davvero, con quei soldi abbiamo coperto tutti i debiti». Risate. Ma non basta, allora va a toccare la corda giusta: «Quando ho saputo che Barack è imparentato con Dick Cheney, che hanno un antenato comune, allora gli ho detto: "Ma come posso pensare di continuare a dividere il letto con te?"». Applausi.

Finita la ricreazione, Michelle ricomincia la sua arringa: «Dobbiamo prenderci cura degli anziani, è interesse di tutti che stiano bene e ci possano aiutare. Mia madre oggi è in casa nostra e in questi giorni ci tiene le figlie. Anche se certe volte mi chiedo cosa le sia successo. Era una donna inflessibile e severa, ora torno a casa e trovo le verdure avanzate nel frigo, le bambine non le hanno mangiate e lei mi dice candida: "Michelle, dicono che non ne hanno voglia, che non le amano e allora perché costringerle?"». Parla facendo l'imitazione della voce della madre, guarda le teste bianche che sorridono e chiede: «Ma cosa succede quando si diventa nonni? La verità è che nessuno ci chiede più di fare sacrifici, ci dicono soltanto di andare a fare shopping, nonostante i debiti, nonostante le difficoltà. Le nostre anime sono a pezzi, abbiamo bisogno di una nuova leadership che ci indichi una direzione diversa. Abbiamo bisogno di Barack Obama, è l'unico candidato che ci può ispirare. Non basta avere carattere e integrità, quello che conta è quello che hai fatto prima di candidarti, le scelte che riflettono i tuoi valori. Tutti parlano della sua infanzia esotica, ma andiamo a vederla e troviamo una donna, anzi una ragazza bianca del Kansas di 18 anni che si trova a dover crescere un bambino nero. È andata in Indonesia perché credeva in una missione, ha insegnato al figlio a rispettare gli altri, gli ha dato quei valori che adesso diamo alle nostre figlie, devono sapere che verità e onestà contano nella vita. Devono avere chiara l'importanza di lavorare per aiutare la propria famiglia, il proprio quartiere, il proprio Paese. Ha studiato ad Harvard ma poi non è andato a Wall Street. Ha fatto l'organizzatore di comunità in uno dei ghetti più difficili di Chicago. Poi l'avvocato in un piccolo studio che si occupava di discriminazioni sul lavoro. Ci avevano insegnato che più dai e più ricevi. Per questo ho sposato Barack, perché condividiamo gli stessi valori, anche se oggi è più importante chi guida una corporation o guadagna milioni di dollari. È anche carino, devo ammetterlo, e questo aiuta...» Tutti in piedi, grandi applausi.

Poi si mette a fare la storia della carriera politica del marito, la scelta di opporsi alla guerra in Iraq e quella di candidarsi, fino alla vittoria nella prima tappa delle primarie in Iowa. Conclude con il suo appello: «Scommettete sul futuro, impegnatevi per dare una luce al mondo e la gente vi sarà riconoscente. Non abbiate paura». La applaudono per minuti interi, queste donne e questi uomini bianchi che hanno vissuto una vita completamente diversa. Michelle si ferma ad abbracciarli e bacia ogni persona, ci mette un'altra ora abbondante, tiene le mani a tutti quelli con cui parla.

Poi si ferma a chiacchierare, le chiedo se non ha paura a portare le figlie a vivere alla Casa Bianca, lei che teme il cinismo, la televisione e non ha voluto spostare la famiglia a Washington quando Obama è diventato senatore: «Questa battaglia la facciamo per loro, per il loro futuro, perché vivano in un Paese migliore». Poi sorride e per un attimo si lascia andare: «Nel caso ci portiamo la nonna, anche se non è più quella di una volta». Un anno dopo sarebbe successo e l'America avrebbe avuto la sua prima «First Suocera». Esce e sale su un vecchio furgone grigio: non un uomo di scorta, non una macchina a fare strada, solo i collaboratori della campagna elettorale. Fanno dieci metri e si fermano, lei si sporge fuori e apre e chiude a ripetizione il portellone difettoso, finché non riesce a chiuderlo e grida: «È fatta, andiamo».

Un anno dopo la sua vita è completamente cambiata il marito ha vinto le elezioni e da venti giorni abitano alla Casa Bianca. Di lei si parla in continuazione: non delle sue idee, ma della sua foto ufficiale con le spalle nude, dei vestiti che non arrivano da grandi stilisti ma dalle catene dove si veste la classe media e dell'orto che ha fatto piantare nel giardino della Casa Bianca. Si sposta scortata, il secret service le ha dato un nome in codice adeguato – l'hanno chiamata «Renaissance», Rinascimento –, ma ha mantenuto lo stesso vizio del passato: ama visitare piccole comunità, scuole e ospedali.

La visita di quel giorno di Michelle Obama al Mary's Center comincia alle 2.45 del pomeriggio. Prima di tutto va a trovare gli amministratori del centro sanitario che offre servizi medici per tutte le età, programmi per il doposcuola degli adolescenti e servizi sociali per famiglie. Aperto nel 1988 solo per le donne ispaniche, il centro ora aiuta quattordicimila pazienti provenienti da quasi quaranta Paesi.

Alle 3 entra in una classe senza finestre dove nove bambini tra i 3 e i 5 anni, neri e ispanici, sono seduti in semicerchio con quattro maestre. «Ciao piccoletti, io mi chiamo Michelle e sono sposata con il presidente degli Stati Uniti. Sapete come si chiama?» «Barack Obama» risponde pronta Anise, che si mette subito al centro dell'attenzione. Poi si abbassa per chiedere il nome a ognuno dei bambini, ma ce n'è uno, David, che non ha nessuna voglia di darle retta e continua a giocare da solo: «Ehi tu, con quelle macchinine,» gli dice fingendo di essere irritata, «ehi tu, come ti chiami?». Lui non risponde, allora lei si mette a giocare. Poi prende un libro illustrato, si siede per terra con loro e comincia a leggere una favola. Quando arriva al disegno di un gatto si mette a fare «miao». Gira pagina e trova un cane bianco e tutti insieme abbaiano. Alla fine Michelle chiede ai bambini di abbracciarla, tutti corrono e diventa un abbraccio di gruppo. Le piace avere un contatto fisico con le persone, la sua stretta di mano è potente, più forte di quella del marito e non riesce a trattenersi dall'abbracciare le persone, tanto che perfino a Buckingham Palace a Londra è riuscita a farlo con la regina Elisabetta II, che il galateo imporrebbe di toccare soltanto con la punta delle dita.

Quando esce dalla classe dei bambini, Michelle passa a salutare gli adolescenti – quelli che alla fine le chiederanno cosa fosse venuta a fare – e questa è l'acqua in cui le piace nuotare: un ragazzo le chiede cosa si possa fare per migliorare la sicurezza nella comunità e racconta che qualche giorno prima un senzatetto è morto per la strada e la gente per ore è passata accanto senza far niente. Michelle prende l'occasione al volo per fare una lezione sulla responsabilità personale: «Il problema ha due facce: una è quella delle risorse, riguarda il sistema della giustizia e le forze dell'ordine, ma l'altra riguarda noi. Non ci possono essere leggi che obbligano le persone a fare cose giuste: non si può imporre a un papà di leggere favole al figlio o di trattare il vicino con rispetto e decenza. A fare la differenza non sono i soldi che guadagni o il diploma che hai preso, ma la scelta che fai di essere un cittadino attivo, coinvolto e responsabile. Nessun presidente e nessun sindaco possono ordinarlo, sono cose che vengono dai valori e dalla fede che abbiamo dentro. Spero che sia qualcosa di cui parlate quando venite qui, non solo di cosa avete bisogno e chi ve lo potrà dare. Dovete chiedervi: ma cosa posso fare, che tipo di cittadino sarò, che genitore? E cosa farò la prossima volta che verrà commesso un crimine? Ci passerò accanto o chiamerò la polizia e mi farò coinvolgere?». Stanno tutti in silenzio e fanno sì con la testa. Lei li fissa con quello sguardo di sfida che è il suo biglietto da visita, vuole lasciare il segno, stimolarli a crescere e a impegnarsi. Non molla mai. Appena entrata alla Casa Bianca ha preteso che nessuno rifacesse i letti e riordinasse la camera delle bambine, devono fare da sole ogni mattina prima di andare a scuola.

Prima di andarsene dal Mary's Center, Michelle firma un manifesto del centro, poi si gira verso i ragazzi e, seria, li lascia con nove parole: «Ricordatevi sempre da dove siete venuti e cosa restituirete».

IX
Un vecchio biglietto

Sulla porta della stanza J 910 è stato attaccato un biglietto scritto a pennarello: «Tre ragazze diciassettenni sono venute oggi per incontrare John Nash. Veniamo da Sudafrica, Libano e Usa. Professore, ci contatti, noi la ammiriamo». Segue indirizzo mail. Dall'ufficio al nono piano di Fine Hall, il palazzo della matematica dell'università di Princeton, arriva una musica nello stile dei canti gregoriani. Busso ma sembra che nessuno senta perché il volume è troppo forte. Aspetto qualche minuto, quando mi sto decidendo ad aprire dall'ascensore appare un uomo «spiovente»: cammina lento, un po' gobbo e tutto sembra ricurvo in lui, le orecchie, le guance, le braccia. In una mano tiene un caffè, nell'altra le chiavi della stanza. Saluta con un cenno della testa senza dire una parola.

È «il fantasma di Fine Hall», come gli studenti di Princeton chiamavano quel genio che si era perso nei suoi calcoli sempre più complessi e nelle manie di persecuzione. Abita ancora nel palazzo della matematica, non più nella storica sede in stile gotico degli anni Trenta, ma in un palazzone in cemento armato, quindici piani a forma ottagonale, costruito nel 1970. Per arrivarci bisogna passare vicino alla nuova biblioteca disegnata da Frank Gehry, che serve a dimostrare come questa sia una delle università più ricche d'America.

Nella stanza c'è una scrivania con il computer, la musica viene da lì: è collegato tutto il giorno alla Filodiffusione italiana. Mi indica una delle quattro sedie, ma sono tutte occupate, sembra servano soltanto a sostenere pile di posta mai aperta. La ripulisce lui dalle carte, che appoggia sotto una lavagna piena di numeri e formule. Mi viene in mente la leggenda, tramandata dagli studenti per decenni, in cui si narrava di una figura oscura e sfuggente che passava il suo tempo a scrivere equazioni sulle lavagne del dipartimento di Matematica. Quel fantasma è tornato ad avere un nome e un volto grazie a un libro, a un film che vinse quattro Oscar e a un premio che si assegna ogni anno in Svezia. Ma soprattutto, me lo racconta lui stesso, grazie a Internet.

Il fantasma è nato in West Virginia il 13 giugno 1928, in un paesino che si chiama Bluefield, di cui tiene una foto aerea di fronte alla scrivania, e si chiama John Forbes Nash. Mente geniale, con una predisposizione naturale a giocare con i numeri complessi: «Mi sono innamorato dell'aritmetica che ero piccolo, mi ricordo che a scuola mi piaceva lavorare con numeri più grandi rispetto agli altri bambini e volevo provare a fare sempre di più. Mio padre era un ingegnere e questo ha avuto certamente un impatto su di me». Bruciò tutte le tappe: a tredici anni faceva esperimenti scientifici nella sua stanza e a soli vent'anni gli diedero insieme laurea e master al Carnegie Institute of Technology.

Arrivò a Princeton, per il dottorato, con la lettera di raccomandazione più breve della storia: «Quest'uomo è un genio» scrisse il suo professore dell'università di Pittsburgh. E lui non deluse le aspettative. Le ventisette pagine della sua tesi di dottorato sulla «Teoria dei giochi», scritte che non aveva ancora 22 anni, furono talmente rivoluzionarie e significative da meritargli il premio Nobel, che arrivò però quarantacinque anni dopo. La rivista «Forbes», nel luglio del 1958, lo presentò come la più brillante stella della matematica americana.

Era riuscito ad arrivare giovanissimo in vetta prima di restare intrappolato nella sua intelligenza superiore, nella ricerca dell'eccellenza e dell'originalità a tutti i costi. E prima di restare vittima della sua volontà di essere il primo in assoluto, senza concorrenti e compromessi. La sua mente cominciò a offuscarsi quando la moglie, nel 1959, gli disse che aspettava un figlio e poi quando non vinse la Fields Medal, il riconoscimento più prestigioso che un matematico possa ricevere prima dei quarant'anni. A 34 anni, l'uomo che aveva teorizzato l'equilibrio e la convivenza armonica si perse nella paranoia, nell'idea di essere seguito, spiato e perseguitato. I suoi comportamenti diventarono sempre più strani, scappò in Europa, chiese asilo politico ma lo rimpatriarono e allora la moglie lo fece ricoverare per mesi in un ospedale psichiatrico. Entrò in un limbo chiamato schizofrenia paranoide che sarebbe durato 25 anni, in cui si credette il Messia, l'Imperatore dell'Antartide e un perseguitato dalla setta degli uomini con la cravatta rossa.

Il disfacimento della sua mente non è un fatto privato ed è noto nel mondo, raccontato prima in un libro della giornalista Sylvia Nasar intitolato *Il genio dei numeri*, poi in *A Beautiful Mind*, il film in cui John è interpretato da Russell Crowe. Il regista Ron Howard – il rosso Richie Cunningham della serie televisiva degli anni Settanta *Happy Days* – ha passato ore in questa stanza, di fronte alla lavagna, per cercare di capire cos'è la «Teoria dei giochi». «Alla fine» sorride divertito John «ha ammesso candidamente di non aver capito nulla, tanto che nel film quasi non ne parla.»

La sua storia è il viaggio incredibile di andata e ritorno dai picchi massimi della genialità a quelli della malattia mentale. Era il più promettente di una generazione ma crollò in modo spaventoso e umiliante. Eppure, senza che nessuno potesse prevederlo, è riuscito a risalire, dopo un tempo infinito passato nell'oblio e nella follia. E mentre si stava rialzando è arrivata una mano miracolosa da Stoccolma che lo ha riportato in cima, lassù dove aveva sempre sognato di arrivare.

Il successo è giunto insieme all'uscita dalla nebbia della persecuzione, alla fine della maniacalità, delle voci e delle paure. Oggi John Forbes Nash ha trovato un suo equilibrio, un suo posto nel mondo, e cerca di convivere con il rimpianto del tempo perduto. È un uomo gentile e riflessivo, che parla a voce bassa e non vuole dare giudizi affrettati. Ma la malattia gli ha tolto completamente l'arroganza e l'onnipotenza che erano il suo biglietto da visita giovanile: il sorriso sbruffone che somigliava a una smorfia si è trasformato in un'espressione tenera e malinconica.

Sono venuto a trovarlo per parlare di economia, della crisi, di equilibri perduti e di recessione, ma il nostro incontro prenderà presto un'altra direzione, quella più intima e dolorosa della sua vita privata. Il computer è aperto sulle quotazioni di oro, argento e platino e sugli indici di Wall Street. L'ottantenne matematico scruta il video ogni giorno alla ricerca di una motivazione che spieghi «la più globale delle crisi». Non crede che basti solo lo scoppio della bolla immobiliare americana a giustificare una recessione mondiale e rifiuta di dare la colpa alla cosa che ama di più: «Non sono i modelli creati dai matematici per costruire strumenti finanziari sempre più complessi ad aver trascinato il mondo nel baratro, la responsabilità è di chi li ha usati in modo avido e irrazionale».

La malattia gli ha lasciato rimpianti, ma anche la convinzione che nella vita ci sia sempre la possibilità di riprendersi, una convinzione che ora applica anche all'economia mondiale: «Si troverà un nuovo equilibrio, una nuova stabilità, ma non più ai livelli di prima: bisogna essere capaci di accettare di vivere a un piano più basso».

Così comincia a raccontare il percorso di uscita dalla schizofrenia. Quando gli chiedo se posso fare domande sulla malattia, mi fa cenno di sì con la testa, ma per la prima volta mi interrompe: «Prima di tutto non si può parlare genericamente di malattia, perché la malattia mentale è diversa da quella fisica. Se una persona è paralizzata e dopo anni riesce a muoversi, be' quello è un miracolo biblico, difficile pensare che sia dovuto alla volontà individuale. Nel caso dei disturbi psichici, invece, mi sono convinto che una parte della mente dei pazienti scelga la malattia. O perlomeno possa scegliere di provare a uscirne». Insisterà molto e a lungo su questa idea: come scienziato che ha fede nella razionalità, nei numeri e nella ragione, vuole pensare che nella sua testa c'è sempre stato un lume capace di battere le tenebre.

«C'è stato un momento in cui ho smesso di tormentarmi, ho deciso che volevo vivere in modo logico, senza fare costruzioni immaginarie sul mondo, pensare cose che non erano mai reali. Non volevo più perdermi nelle voci, nei ragionamenti doppi e ambigui.»

La sua convinzione che si possa scegliere di salvarsi, però, non è soltanto un dato autobiografico, ma nasconde qualcos'altro: la speranza. La speranza che, come ce l'ha fatta lui, ce la possa fare suo figlio John Charles Martin Nash – Johnny –, che nacque subito dopo il suo primo ricovero all'ospedale psichiatrico McLean a Boston. «Mio figlio *ora* è malato» dice mentre mi mostra una foto di famiglia che tiene appesa al muro: si vedono il padre e la madre con le facce cupe e questo ragazzo sorridente in mezzo a loro, con la giacca blu e una cravatta rossa sgargiante. Non si capisce perché i genitori siano tanto seri. Gli chiedo dove l'hanno scattata e allora capisco: «Un giorno che eravamo andati a trovarlo alla clinica dov'era ricoverato». Johnny ha cominciato a dare segni della malattia quando era un ragazzino, a sentire voci, ad avere allucinazioni e la sua vita è stata tutta un susseguirsi di periodi di lucidità e follia.

«*Al momento* è disturbato» ribadisce il padre parlando a fatica, e il fatto che dica «ora» e «al momento» mostra più di ogni altra cosa l'angoscia per il figlio, l'angoscia di un uomo che conosce perfettamente la malattia mentale e la sofferenza che provoca e sa meglio di chiunque altro cosa sta vivendo suo figlio. «La verità» aggiunge «è che non riusciamo a vedere una via d'uscita, ma potrebbe cambiare, non ho una conoscenza scientifica della cosa, però so che c'è un elemento di scelta. Ma non è più giovane, ha 50 anni, non lo so come finirà. Io ce l'ho fatta a uscirne e la mia ultima speranza oggi è che anche lui trovi una strada.» Scuote la testa e cambia discorso, non riesce più a parlare del figlio e allora vuole sapere se in Italia, dove Piergiorgio Odifreddi lo ha invitato a tornare al festival della Matematica, la gente ama i numeri.

Pochi giorni dopo lo rincontrerò a una cena a New York. Ha portato la moglie Alicia e il figlio, preferisce non lasciarli a casa soli, andranno con lui anche a Roma. Alicia è sorridente e brillante, la loro vita è intrecciata da più di mezzo secolo: si sono incontrati al MIT di Boston dove lui insegnava e lei, che veniva dal Salvador, studiava chimica, una delle sedici donne su ottocento studenti. Si sposarono a Washington nel febbraio 1957, ma cinque anni dopo, logorata dalla follia di John, lei chiese il divorzio. Tornarono a vivere insieme nel 1970, quando Alicia accettò di dividere con lui la casa, vicina alla stazione dove ferma il treno per Princeton, per evitare che dormisse per strada. Nel 2001, quarantaquattro anni dopo il primo matrimonio, si risposarono.

Johnny, il loro ragazzo ormai cinquantenne, è vestito elegante, con un blazer blu e la cravatta gialla, ma dormirà tutto il tempo sul divano con un cappellino da baseball con la visiera calata sugli occhi. John Nash non cerca di nascondere il figlio, non se ne vergogna. Si siede poco lontano da lui, mangia, chiacchiera con tutti quelli che arrivano per salutarlo, racconta che ha paura di volare: «Mi piace molto andare a Roma, ma quando devo salire sull'aereo allora non sono tranquillo». Poi vuole presentarmi a tutti i costi il matematico Harold Kuhn: «Ecco l'uomo che mi ha aiutato più di tutti, era a Princeton prima di me e ci conosciamo da una vita». Harold ha un giubbotto di pelle nera e parla italiano perché da ragazzo ha passato un anno da noi. Fu lui ad annunciare a Nash che avrebbe ricevuto una telefonata all'alba da Stoccolma, dall'Accademia Reale di Svezia, fu lui a lavorare senza sosta perché il Comitato del Nobel prendesse in considerazione i suoi studi nonostante il fatto che fosse diventato schizofrenico, e fu lui che, appena seppe la notizia, corse in un ospizio poco lontano da Princeton per dirlo anche al loro vecchio professore, il novantenne Albert Tucker.

«Cosa mi ha aiutato di più? L'assegnazione del premio Nobel, la mia vita è ricominciata veramente grazie a quella telefonata all'alba. Quella è stata la chiave che mi ha restituito la mia vita, il mio nome e il diritto a esistere. Altrimenti non sarei considerato meritevole di avere un ufficio qui.» L'università di Princeton, ancora una volta grazie all'intervento di Kuhn, si inventò per lui il titolo di Visiting Research Collaborator poche settimane prima dell'annuncio del Nobel, per dargli un ruolo e una professione da scrivere nel curriculum.

«Avevo cominciato a pensare più lucidamente già da prima e potevo andare avanti, ma non avrei potuto fare discorsi o tenere lezioni se qualcuno non mi avesse dato un riconoscimento, se qualcuno non avesse avuto il coraggio di dimostrare al mondo che in quel corpo che vagava, in quella testa che aveva avuto comportamenti strani e allucinati c'erano idee che avevano un valore. Il premio Nobel mi ha aiutato moltissimo.» L'eccezionalità del Nobel non fu soltanto di essere arrivato così tanti anni dopo, ma di aver premiato un uomo che molti credevano morto o completamente devastato dalla malattia. La sua ripresa era iniziata a metà degli anni Ottanta, quando ricominciò a costruire relazioni sociali, a parlare con gli studenti e a usare il computer.

«Quando ho cominciato a uscire dai miei disturbi mentali e dai pensieri irrazionali, ho iniziato a usare i computer dell'università, non quelli del dipartimento di Matematica perché non avevo nessun titolo per stare qui. Ero un ex alunno di Princeton, avevo studiato qui, vivevo nella zona e avevo pubblicato articoli, ma non avevo nessun diritto di lavorare nel dipartimento. La persona che mi ha aiutato era un professore di informatica. Navigando in rete, in quel momento di passaggio della mia vita, mi sono reso conto che il mio lavoro veniva spesso citato: c'erano molti riferimenti ai miei articoli e alle mie ricerche, in particolare al "Nash Equilibrium", che era il più ricordato. Così mi sono reso conto che esisteva ancora una traccia di me. Ho cominciato a scrivere a molte delle persone che mi citavano, a costruire dei rapporti, e loro hanno cominciato a rendersi conto che ancora esistevo. Sono stati tutti loro a segnalarmi, ed è per questo che ho ricevuto il premio Nobel, per la mole dei riferimenti al mio lavoro.»

Il suo contributo alla Teoria dei giochi, il famoso «Equı brio di Nash» con cui prese il dottorato e ha vinto il premio più prestigioso del mondo, immagina situazioni di equilibrio in cui tutti gli attori restano convinti della bontà della loro scelta anche se vengono a conoscenza delle mosse degli altri. In questo modo si può immaginare che si sia evitato il peggio e ci sia una sorta di armonia. Nel racconto che mi fa da più di un'ora ormai si mescolano l'economia, la matematica e la malattia. Rileggo gli appunti e mi chiedo di quali delle tre parlasse quando diceva: «Un equilibrio può essere poco stabile, ci possono essere sbilanci e ogni movimento può romperlo».

La matematica e la vita sono ancora la stessa cosa per lui, la passione è ancora quella del bambino che si era innamorato dell'aritmetica: «Qui siamo nel palazzo della matematica e stando qui, e io ci sto proprio dentro, non vedi le cose nello stesso modo di chi sta fuori: guardare la Terra dallo spazio è molto diverso che guardarla dalla finestra. È difficile spiegarlo, ma noi abbiamo un punto di vista assolutamente particolare».

Nel suo equilibrio ritrovato hanno fatto polemica alcune rivelazioni sull'uso o meno delle medicine: è noto che Nash non le ama, ne ha prese troppe e ha subito le torture di una psichiatria d'altri tempi, dal coma insulinico all'elettrochoc. Ma oggi anche su questo le sue posizioni sono più sfumate. «Nel caso di mio figlio le medicine lo aiutano, ma penso che sia un trattamento di mantenimento invece che di riabilitazione. Certi medicinali per malati di mente si somministrano per dare un aiuto, non per curare. Ma ci sono tanti casi, bisogna ammetterlo, in cui non c'è molto da fare. Non amo le società farmaceutiche, ma non posso negare che, in certi casi, se il paziente usa i medicinali giusti può prevenire una crisi più grave o il suicidio.»

rlare della malattia, si alza e mi mostra tutte tra quelle che ama di più ci sono le imma- a scacchi giocata a Roma in simultanea quattordici matematici contro l'ex campio- del mondo Boris Spassky, che naturalmente li ha battuti tutti. Per guardare le foto bisogna superare cataste di libri e di riviste di economia e matematica: «C'è molto disordine, lo so, ma il problema è che tendo a tenere tutto, non riesco a buttare niente e accumulo».

Apre la porta, gli chiedo ancora se ha rimpianti. «Ho raggiunto un'età in cui il tempo è tutto alle spalle e certo avrei potuto avere fortuna migliore, aver fatto cose più grandi e sprecato meno tempo, ma non sono cose a cui valga la pena di pensare. La settimana scorsa al Princeton Club a New York ho incontrato George Soros, l'ho guardato e mi sono reso conto che abbiamo pressappoco la stessa età, ma lui ha guadagnato molti più soldi di me ed è milionario.» Come per consolarlo, gli indico il biglietto affisso dalle tre ragazze sulla porta. Allora lui scuote la testa: «È il prezzo della fama, con la notorietà arrivano molte altre attenzioni». Poi sorride e scopro che anche in quest'uomo serio e ascetico c'è una vena di vanità e di voglia di provocare: «A dire la verità il biglietto è vecchio, è qui da molto tempo, ma non l'ho tolto perché fa a tutti un bell'effetto». Questo bigliettino scritto da tre giovani ammiratrici ci racconta come il fantasma non esista più, come un'esistenza possa ricominciare, grazie alla tenacia, grazie alla speranza, agli amici di una vita, a una donna che torna sui suoi passi, a una telefonata all'alba e a una cerimonia in frac. Ma la sintesi di tutto me la dà con sole sette parole: «Ho ricevuto grande assistenza da Stoccolma, Svezia».

X
Che effetto fa cadere e poi rialzarsi

Che si può ricominciare davvero l'ho capito dopo aver aspettato per ore un volo in arrivo da Francoforte all'aeroporto di Newark in New Jersey. Continuava a ritardare, avevo mal di gola, le porte scorrevoli lasciavano entrare folate di vento cariche di neve: avrei solo voluto andare a dormire. Poi li vidi arrivare e improvvisamente mi scordai di tutto il resto.

La prima immagine dell'America, quella che ricorderanno per sempre, comincia con un parcheggio, si allarga sull'autostrada che in meno di mezz'ora potrebbe condurli a Manhattan e si chiude con la ciminiera, illuminata ogni notte, dello stabilimento della birra Budweiser. Il sapore è di pollo e riso, una gigantesca porzione stipata a fatica in un contenitore di plastica, l'unico menu che ha messo d'accordo tutte le religioni. Per dissetarsi una Coca-Cola piena di ghiaccio, perché si abituino presto ai costumi locali. L'odore è di moquette e disinfettante. Il rumore, da subito, è quello delle pubblicità televisive.

Hanno vinto il biglietto della lotteria più importante della loro vita, quello per entrare negli Stati Uniti: lo tengono stretto. Ne sono stati estratti 70mila e loro possiedono quelli con il numero di serie di poco successivo a 12mila. È un foglietto che sta nel palmo di una mano, sopra c'è stampigliata la dicitura «rifugiato».

L'Hotel dei Rifugiati è un palazzone di otto piani e 191 stanze, fa parte della catena Days Inn e in cima alla facciata ha il simbolo di un sole che sorge. Ogni notte arrivano che è già buio e occupano quasi interamente il quarto piano. Quindici, venti stanze, dipende dal carico degli aerei.

In questa Ellis Island del XXI secolo, sbarcano uomini, donne e bambini da tutto il mondo. Fuggono dalla guerra, dalle persecuzioni politiche e religiose, dalle pulizie etniche. L'America, la stessa che costruisce muri alle frontiere e prende l' impronta delle dieci dita a chi varca i suoi confini, continua ad accoglierli con una generosità che non ha paragoni. È un flusso costante, duecento persone al giorno che varcano uno dei cinque ingressi verso una nuova esistenza: Newark, Miami, Los Angeles, Chicago e New York.

Nell'istante in cui si aprono le porte automatiche un vento gelato fa volare gli scialli di cotone delle donne del Burundi, i bambini prima ridono poi si spaventano. Bufera a dieci sotto zero. Gli iraniani respirano a fondo: «La neve, come a Teheran».

Questo istante, questa notte in una stanza anonima, il pollo con il riso chiudono una vita di paure, persecuzioni, fughe, campi profughi, e ne aprono una nuova in luoghi sconosciuti, incerti.

La nuova esistenza americana. Un anno da rifugiati, cinque con una carta verde e poi una vita intera da cittadini a stelle e strisce.

«Volo Twa 881 decollato ad Atene, 13 febbraio 1980. Non ho dimenticato niente di quella notte. Ero fuggito da solo dall'Etiopia il 26 agosto 1974, alla vigilia del colpo di Stato di Menghistu. Quando arrivai a New York era buio, in albergo c'era un ricevimento con una grande orchestra, mi fecero sedere a un tavolo del ristorante, arrivava forte la musica, chiusi gli occhi e immaginai che era il benvenuto per me.» Omar Nur oggi è il responsabile dei profughi che arrivano al Liberty Airport nel New Jersey, fa questo lavoro da vent'anni: li accoglie all'Immigration, li aiuta a passare i controlli, li accompagna in albergo, gli spiega come funziona la chiave elettronica per aprire la porta, con cui giocheranno fino a notte fonda i bambini somali, la vasca da bagno e il telecomando del televisore. Con garbo mostra che il letto ha coperte e lenzuola, che ci si deve infilare in mezzo tra quella trattenuta sotto il materasso e quella risvoltata sopra il copriletto a fiori. Questo accade con gli africani che arrivano dal Darfur, dal Congo, dalle mille guerre dimenticate. Con gli ucraini, gli iraniani, gli etiopi discute invece della macchinetta che distribuisce le sigarette, dei canali satellitari e della puntualità dei voli del mattino.

All'alba li va a svegliare e li accompagna all'imbarco verso la destinazione finale: uno di quei quattrocento luoghi in cui l'America ha deciso di accoglierli.

In questo breve tragitto tra l'ufficio immigrazione e il copriletto a fiori, uguale in ogni stanza, Omar ha visto sfilare i drammi del mondo nell'ultimo quarto di secolo: a un certo punto erano tutti indocinesi, «boat people», i voli arrivavano dall'Asia via Francoforte, poi erano polacchi e l'eco di Solidarność e Jaruzelski riempiva il parcheggio. Finita la Guerra Fredda, il mondo si è sbriciolato e ogni sera si ascoltano dieci dialetti diversi, storie complicate da comprendere. Ora è il turno dei somali, degli iraniani e di quelle migliaia di birmani che da anni vivono parcheggiati nei campi al confine con la Thailandia. Sulla ruota americana sono usciti i loro biglietti, pochissimi i premiati se si pensa che a concorrere sono oltre nove milioni in tutto il mondo.

Omar è solo una di quelle cinquemila persone che rendono possibili queste immense migrazioni istituzionalizzate, che le gestiscono, che cercano di dare un ordine al caos, partendo dall'assistenza umanitaria. Sui loro giubbini blu è stampata una grande scritta: Iom, International Organization for Migration.

E Iom c'è scritto sul rettangolino autoadesivo che hanno tenuto sulla maglietta per tutto il viaggio. Emile e Justine vengono dal Burundi, sono saliti veloci, i primi ad arrivare in camera. Non avevano bagagli. Tutto quello che possiedono è appoggiato sul letto in una borsa di plastica con il disegno dell'uccellino Titti vestito da sciatore. La aprono, contiene solo un paio di scarpe e i documenti. Domani andranno a Boise City, nell'Idaho. Verso il confine con l'Oregon, oltre le Montagne Rocciose. Stanno in silenzio, non hanno voglia di raccontare la loro storia, non ha più importanza. Adesso bisogna stare concentrati sul futuro.

Gli Omran sono sudanesi, anzi sauditi, ma si sentono egiziani: «Come ci troveremo a Salt Lake City?» mi chiedono, spiegando che sono diretti nella capitale dello Utah dei mormoni. A parlare è sempre Idris, il figlio maggiore: «No, il capofamiglia, perché sono io che mi occupo di loro tre dopo che mio padre è scomparso alla frontiera cercando di tornare in Sudan. Veniamo dalle Nuba Mountains, ma io e le mie sorelle siamo nati in un campo profughi in Arabia Saudita dove i nostri genitori erano fuggiti. Però siamo cresciuti al Cairo e lì abbiamo studiato». La loro storia è piena di sorprese. La madre, che non ci tiene a dirci l'età, trovò lavoro come badante nella grande casa di un'anziana signora egiziana: «Accettò di ospitarci tutti e quattro, e quando morì continuammo a vivere lì, finché non si realizzò il sogno di venire negli Stati Uniti». Idris sogna di diventare avvocato, vorrebbe una moglie ma non se la sente ancora: «Mi devo prendere cura di loro,» sospira abbracciando le sorelle «la vita mi ha insegnato questo».

Hanno sognato per anni la nuova vita. I più giovani scommettono sul loro futuro, gli altri puntano sui figli. «Saranno americani, qui potranno studiare»: i genitori di religione bahai, una minoranza iraniana a cui non è permesso accedere alle università né a incarichi statali, ripetono questa frase come un mantra. Raccontano vessazioni, minacce, arresti e ora sperano: «Qui» dice Houman, cercando conferme alle sue parole «non si fanno discriminazioni tra le persone, le religioni e i colori della pelle, vero? Questo sappiamo dell'America e questo speriamo. È molto difficile immaginare quale sarà il nostro futuro.» Insieme alla moglie Noushein è partito dieci mesi fa da Teheran in treno, verso la Turchia. Gli iraniani li hanno lasciati andare volentieri: «Con Ahmadinejad la situazione è peggiorata: arresti, licenziamenti e poi nostro figlio, che ha solo 4 anni, non avrebbe mai potuto studiare. Ora andremo a San Diego, dove vive già mia madre da tre anni e dove c'è una nostra comunità». Hanno accettato di essere fotografati, sono stati gli unici. Le altre famiglie non hanno voluto: troppa paura di rappresaglie su chi è rimasto.

Anche i più giovani rifiutano uno scatto: Haji ci mostra solo la stella a nove punte che tiene sotto la camicia, poi vuole che sia ritratto il medaglione con la riproduzione calligrafica della parola araba Bahá' che significa «gloria». «Io sono qui a causa di questo, fotografatelo al posto della mia faccia, non voglio correre rischi.» Ha solo 21 anni, viene da Tabriz, la porta dell'Iran verso l'Occidente, e faceva il muratore. Ora Haji andrà a Los Angeles e sogna senza freni: «Voglio fare il cantante o l'attore, voglio diventare famoso, e anche per questo non voglio foto, se domani ne circolasse una con la faccia da rifugiato rovinerebbe la mia immagine». Yashar Hosseini, che ha la stessa età e arriva da Isfahan, ascolta attento e un po' preoccupato: «Io vorrei fare il regista ma mi hanno destinato ad Atlanta, in Georgia. Ho paura che non sia il posto giusto, forse era meglio Los Angeles, dovrò muovermi». Gli chiediamo del cinema iraniano, di Kiarostami e Makhmalbaf, mette le braccia avanti, scuote la testa: «No, no, non mi piace quel genere lì, non mi piace il cinema impegnato, io vorrei fare film di intrattenimento».

Gli iraniani vestono alla moda: hanno scarpe da tennis, anfibi, le ragazze gli stivali e i jeans con il risvolto. Capelli curati, basette e sui carrelli all'uscita dall'aeroporto un'infinità di valigie. Si confondono perfettamente tra i turisti.

È il numero di bagagli a sottolineare la prima differenza visibile tra i rifugiati. Tutto quello che possiedono è qui con loro: si va da un semplice sacchetto a cinque valigioni. La famiglia Sharif – sono in nove senza padre – è scappata dalla Somalia quindici anni fa. Ora sono preoccupati di trovare del nastro adesivo per riparare due borse che hanno ceduto di schianto: «Queste non arriveranno mai in Ohio». Bisogna caricarle sull'autobus, e qui si produce un primo scontro di culture: i due fratelli più grandi salgono per primi e si piazzano sui sedili in fondo, vicino ai finestrini, a guardare la madre e le sorelle che arrancano sotto il peso delle valigie così logore che hanno esaurito la loro funzione. Dopo parecchi minuti di inutili sforzi, Omar, la nostra e la loro guida, perde la pazienza, sale e urla: «Avete capito male, qui siete in America, qui non ci si comporta così, qui essere uomini significa lavorare. Scendete subito ad aiutarle». Ma loro lo guardano, ridacchiano e non si muovono. Rifiuteranno anche la foto, roba adatta ai più piccoli: tre femmine e due maschi. Quando finalmente se ne vanno a dormire, per gli altri scatta la libertà: le sorelle cominciano a vivere, parlano e ridono. Umal Khayer si toglie il foulard azzurro che le copre i capelli, si mette a piedi nudi e comincia a raccontarci di non ricordare più nulla del suo Paese: «Scappammo da Mogadiscio che io avevo tre anni, vagammo tra i campi profughi in Etiopia, poi siamo stati a Gibuti, poi ancora in Etiopia. Ora raggiungiamo la nostra sorella più grande a Columbus e forse finalmente potremmo fermarci. Sono quindici anni che non abbiamo una casa». I suoi fratelli piccoli sono già rapiti dalla televisione, non badano neppure al carrello che porta i contenitori con la cena, impegnati come sono a disputarsi il telecomando. E poi hanno già mangiato due volte sull'aereo, tre pasti in un solo giorno è qualcosa a cui non sono abituati.

Nella hall ci sono riviste che nessuno compra, «Sport Illustrated», «Vogue» e una copia di «Playboy» vecchia di almeno tre mesi. Due giovani turisti giapponesi, con le Nike multicolori e i capelli tenuti in alto dal gel, non si accorgono neppure della famiglia del Burundi che li sfiora. Sono in sei, mamma e papà hanno 28 anni, dei quattro figli il più piccolo ha solo nove mesi. Indossano tutti la stessa felpa con lo scollo a «v» e una scritta di quattro lettere «USRP»: «United States Refugee Program». Non hanno valigie, solo una busta, che racchiude le loro vite. La foto dei loro volti è stata ridotta a un francobollo, incollato vicino all'indirizzo di destinazione, per non perdersi in un viaggio lunghissimo cominciato nella bolgia dei rifugiati in Tanzania, per restare uniti fino alla destinazione finale: Dayton, Ohio, là dove si firmarono gli accordi che misero fine a un'altra guerra fratricida, quella della ex Iugoslavia.

Jean-Luc, detto Lik, questa sera ha solo sonno, non piange più come nel francobollo. I fratelli sono sfiniti dalle emozioni, non erano mai stati su un aereo e neppure su una scala mobile. Il padre, Jean-Claude, parla a voce bassa, in francese, dice che sono scappati nel 2001 quando Meshack aveva due anni e Samuel era appena nato: «Volevano uccidermi, allora ho preso Pascazia e di notte siamo fuggiti. Mia madre era hutu, mio padre tutsi, sono morti tutti e due: prima hanno ucciso lui, il turno di lei è arrivato un anno dopo. Io non ero niente, stavo a metà, non appartenevo a nessuno. Ma una sera mi è arrivata la voce che aveva preso a correre nel villaggio: è il tuo turno». Sono partiti con il buio verso la Tanzania, lasciandosi dietro tutto, non hanno più nulla, neanche una valigia. «Abbiamo la vita» mi spiazza «e adesso anche la possibilità di viverla.»

Mentre sto per uscire dalla loro stanza, timidamente mi richiama. È imbarazzato: «Avrei una domanda, se per favore mi può aiutare. Vorrei capire». Gli dico di non farsi scrupoli, qualunque cosa. «Ecco, vorrei sapere una cosa, ce lo siamo chiesti tutti per mesi al campo profughi: che cosa ha detto Materazzi a Zidane?»

Questa storia è una delle prime che ho incontrato quando sono arrivato negli Stati Uniti: erano gli ultimi giorni dell'inverno del 2007 e insieme a Gabriele Stabile, un giovane fotografo che oggi lavora per il «New York Times», passammo alcune notti tra lo scalo di Newark e l'Hotel Days Inn. Eravamo diventati quasi parte della famiglia: aiutavamo a scaricare le valigie, spiegavamo come funzionava la chiave dell'albergo o la vasca da bagno ai nuovi arrivati, facevamo i ciceroni dell'America raccontando come sono la California, l'Ohio o il Montana a persone che non sapevano neppure se fossero dirette in una città tra le montagne o davanti all'oceano.

In quelle notti ho avuto per la prima volta, forte e netta, la sensazione che negli Stati Uniti esiste ancora una cultura del nuovo inizio e della seconda possibilità. Una filosofia di vita, di avventura e di conquista che avevo letto nei libri di storia, che è stata la chiave delle ondate migratorie: dai padri pellegrini che fuggivano dalle persecuzioni religiose, agli irlandesi che lasciavano le carestie, fino agli ebrei che scappavano dal nazismo e dal fascismo. Quella spinta mi sembrava perduta, quello spirito che ti incita a rialzarti e a ricominciare pensavo appartenesse ai miti e non al presente. Invece l'ho visto negli occhi di chi è scampato ai colpi di machete nel cuore dell'Africa, ma soprattutto in quegli uomini e quelle donne di città sperdute dell'America profonda che aiutano persone lontanissime e che non conoscono a ricostruirsi una vita, convinti così di onorare un patto sociale sottoscritto più di due secoli fa.

Da quel momento ho cominciato ad avere un'attenzione particolare per queste vicende, a notarle, a riconoscerle, anche se spesso convivono con le discriminazioni, anche se la storia di un rifugiato che rinasce sfiora quella di un immigrato illegale che viene arrestato e deportato, anche se la generosità che non guarda al colore della pelle vive a un isolato di distanza da un episodio di razzismo.

Cominciano le primarie per scegliere i pretendenti alla Casa Bianca e io sbarco in Iowa il giorno di Santo Stefano del 2007. I candidati erano rimasti lì anche per Natale per sfruttare ogni occasione di propaganda: la televisione trasmetteva uno spot con le figlie di Obama, Malia e Sasha, che facevano gli auguri, sembravano contente ma quando venivano a sapere che non sarebbero tornate a casa a Chicago nemmeno per la vigilia scoppiavano a piangere. Più pragmatica si dimostrò Grace, la figlia di sei anni del senatore democratico Chris Dodd, che aveva trasferito la famiglia addirittura l'estate precedente: alla notizia che anche loro non avrebbero festeggiato a casa, nel Connecticut, chiese alla mamma di avvisare Babbo Natale che avevano cambiato indirizzo. Così sulla porta della loro casa di East Haddam apparve un cartello con la scritta: «Caro Babbo Natale, noi quest'anno siamo in Iowa». E per essere più sicura, sulle finestre dell'appartamento affittato a Des Moines attaccò insieme alla sorellina un foglio scritto a pennarello: «Siamo qui, Babbo Natale. Le tue Grace e Christina».

La prima persona che incontro in Iowa mi fa capire la tenacia e il coraggio di questa gente: Joel Severinghaus, dirigente dell'associazione degli agricoltori, dopo avermi spiegato perché si dovevano tenere in piedi i sussidi al mais e alla soia, mi allunga un sacchetto con un panino al prosciutto crudo. Prosciutto prodotto qui, in mezzo a questa distesa infinita di neve ghiacciata, dove il cielo e la terra sono dello stesso colore bianco lattiginoso e non esiste la linea dell'orizzonte. Lo fa un'azienda che si chiama La Quercia: «Lo so che è un azzardo offrire a un italiano un prosciutto dell'Iowa, ma ne siamo talmente fieri e abbiamo studiato tanti anni per riuscirci che penso di potermelo permettere». Non resisto e lo mangio nel parcheggio, appena salito in macchina. Era buonissimo e mi avrebbe spinto a cercare La Quercia e i suoi coraggiosi e visionari proprietari, Herb e Kathy Eckhouse, che hanno coronato un sogno e una passione nel 2005 dopo aver vissuto per quasi quattro anni a Parma. Herb è la quinta volta che si inventa una nuova vita e prima di azzardarsi a produrre e vendere un prosciutto ha provato e riprovato nella cucina di casa per cinque anni.

Parto sulle strade lucide per il freddo. A dare il senso delle proporzioni solo i puntini neri delle mucche, che non si capisce cosa possano trovare nella neve, e i silos delle 89mila fattorie, quei grandi cilindri di mattoni con la copertura argentata che sono le cattedrali del granaio d'America. Gli unici altri colori che incontro sono dei cartelli con la scritta «HOPE» – speranza – in cui la «O» sta per Obama.

L'America sente che arriva la crisi, non sopporta più la guerra, l'arroganza degli inquilini della Casa Bianca, il decollo dei prezzi delle materie prime, e comincia a vedere le prime crepe nel mercato delle case. È tempo di cambia re, di cominciare un'altra vita e così accade il miracolo: nei *caucus*, parola indiana che indica le assemblee in cui si vota per alzata di mano, una popolazione più bianca e anziana rispetto alla media del resto d'America sceglie un giovane candidato nero, nato alle Hawaii e cresciuto in Indonesia, che si chiama Barack Hussein. Quella notte del 3 gennaio 2008 Obama fa il suo primo discorso della vittoria: «Abbiamo realizzato quella che i cinici definivano una sfida impossibile e abbiamo dimostrato che la speranza non è cieco ottimismo ma coraggio di combattere».

È una lezione incredibile ed emozionante sulla capacità di scommettere su un nuovo inizio, come quella che ricevo, una settimana dopo, dall'incontro con un anziano signore bianco e benestante di 84 anni. Mi è seduto accanto su un aereo che vola tra il New Hampshire e New York: «Sono repubblicano, ho votato tutta la vita per loro, il mio campione sarà sempre Ronald Reagan, ma questa volta voterò per quel ragazzo nero. John McCain mi somiglia, certo, ma non è più la nostra partita, non voto per me ma per i miei nipoti e l'unico che ci può far rialzare la testa, che può rimettere ordine in questo Paese, è il ragazzo democratico. Affido a lui il futuro dei miei nipoti». Non gli chiedo nient'altro, mi ha regalato una grande lezione e ha sbriciolato in poche frasi un'infinità di stereotipi e luoghi comuni che mi porto dietro da anni.

Per trovare la sintesi tra lo spirito degli anziani elettori dell'Iowa e quello dell'ottantenne del New Hampshire ho dovuto aspettare il 23 agosto, il giorno in cui Obama ha presentato il suo vice. Joe Biden è salito sul palco di Springfield in Illinois e ha detto: «Mio padre mi ha insegnato che non importa quante volte cadi. Quello che conta è la velocità con cui ti rimetti in piedi». Suo padre era ricco, giocava a polo e guidava macchine lussuose, ma cadde in disgrazia e fece bancarotta poco prima che Joe nascesse il 20 novembre 1942. Andarono a vivere dai nonni materni di Joe a Scranton in Pennsylvania. Il padre puliva gli scaldabagni e nel fine settimana vendeva souvenir e bandierine delle squadre di baseball nei mercatini delle pulci. Lo ha cresciuto con l'orgoglio della classe lavoratrice e con il motto: «Nessuno è meglio degli altri». Un Natale, quando lavorava in una concessionaria d'auto, il titolare fece una festa per i dipendenti e si divertì a lanciare per terra una manciata di dollari d'argento e a guardare dall'alto meccanici e venditori che si azzuffavano per prenderli. Il padre si licenziò quel giorno, sbattendo la porta.

Biden venne eletto al Senato quando aveva 29 anni, nel novembre 1972. Un mese dopo, il 18 dicembre, la moglie Neilia stava andando a comprare l'albero di Natale insieme ai figli Joseph e Robert, che avevano tre e due anni e a Naomi, che aveva solo 13 mesi, quando un camion con il rimorchio prese in pieno l'auto in mezzo a un incrocio. Neilia e la piccola Naomi morirono sul colpo, gli altri due bambini vennero ricoverati in ospedale in gravi condizioni. Joe restò per settimane accanto ai loro letti, uscendo solo per il funerale della moglie e della neonata. «Mi resi conto che il suicidio può non essere solo un'opzione nella vita, ma un'opzione razionale.» Al Senato partirono le scommesse sulla data delle sue dimissioni. Ma non mollò, cominciò a fare il pendolare con Washington, tre ore di treno tutti i giorni per crescere i figli. Per cinque anni li tirò su da solo, poi incontrò un'insegnante del suo paese, Jill, e si risposò. È questo il motivo per cui Obama lo ha scelto, perché è capace di reagire alle avversità. Di cadere e poi rialzarsi.

Fino allo scorso anno Joe Biden non ha mai raccontato tutto questo, poi lo fatto così: «Questa storia mi ha insegnato che devi sempre dire alle persone amate che le ami, e non devi lasciare nulla di non detto».

Due mesi dopo l'ultima notte passata dentro e fuori il Days Inn, a Gabriele Stabile è venuta la curiosità di andare a vedere come stavano le nostre famiglie «rifugiate». Ha passato una settimana a Minneapolis, la città dei laghi, del cantante Prince e del Mall of America, il centro commerciale più visitato al mondo, a casa degli etiopi Ka-Kawa.

A Newark avevamo incontrato soltanto Samira e Fatuma, 17 e 16 anni, in arrivo da un campo profughi del Kenya, dove avevano passato quasi metà della loro vita. Dovevano raggiungere il vecchio padre e il fratello maggiore che avevano avuto lo status di rifugiati l'anno prima, ma per ricongiungersi con loro avevano dovuto dire addio alla madre e a due fratelli più piccoli.

Gabriele le ha ritrovate in un appartamento di due stanze in uno dei palazzi di periferia che il municipio di Minneapolis ha assegnato ai rifugiati in arrivo negli Stati Uniti. Lo hanno ospitato come un parente, ha dormito nella stanza insieme ai tre fratelli, gli hanno cucinato l'agnello e li ha osservati, ascoltati e fotografati per ore. Il padre, che in Etiopia era un pastore e non si è ancora dato pace per la mandria che ha dovuto abbandonare quando è fuggito, passava tutto il giorno davanti a un vecchio computer Apple. Le figlie lo accendevano prima di uscire per andare a scuola, mettevano un cd del Corano e il padre restava lì con lo sguardo fisso sul video ad ascoltare e pregare.

Si erano messe a studiare perché per mantenere lo status

di rifugiato devi dimostrare che stai cercando di integrarti, ma la testa e il cuore di Samira erano rimasti nel campo profughi in Kenya. Nonostante a Minneapolis ci sia la più grande comunità di etiopi e somali d'America, lei non riusciva a immaginare che quello sarebbe diventato il suo mondo. «La mattina del mio ultimo giorno con loro, prima di partire» racconta Gabriele «Samira mi chiese di fotografarla, ma come voleva lei, non nel mio stile. Si presentò con un vestito tradizionale, il migliore che aveva, e mi disse anche come dovevo inquadrarla: era qualcosa che faceva parte della sua memoria, voleva una foto tradizionale di matrimonio. Solo allora mi disse che aveva dovuto lasciare al campo profughi l'uomo a cui era stata promessa in sposa e che lui non aveva speranze di raggiungerla. Voleva che lui avesse almeno l'immagine di come lei sarebbe stata se avessero potuto sposarsi.»

XI
Broadway 1450

Rui Ferreira non riesce a dimenticare questo palazzo, a liberarsi dal fantasma: lo cerca, ci gira intorno, ma non ci si avvicina più. Mi dà appuntamento nel parcheggio alle spalle del grande edificio color ocra del «Miami Herald», costruito nel 1960 per celebrare l'era dell'informazione su carta, e mi porta a prendere una birra da Mike's, il bar che sta in cima al condominio di fronte. Sulla terrazza si ritrovano a bere i reporter mandati a casa negli ultimi anni, almeno i più nostalgici tra quei 300 che hanno perso il posto. Nel 2000, nei due quotidiani gemelli di Miami, l'«Herald» e la sua versione in lingua spagnola «El Nuevo Herald» lavoravano 575 giornalisti, oggi sono scesi a meno della metà, e gli ultimi 50 li hanno tagliati alla fine di marzo del 2009. Rui, portoghese di origine, cubano di adozione, una vita passata a decrittare i comportamenti del regime castrista e della comunità di Miami, è tra quelli che si sono trovati in mezzo a una strada. Oggi ha scoperto la nuova frontiera di Internet, i microblog di Twitter: pensieri brevissimi di 140 caratteri al massimo con cui fotografa le relazioni tra l'America e Cuba in tempo reale. Anche dieci istantanee al giorno per ricordare che esiste. Rui si siede al bancone, si solleva gli occhialini da vista sulla fronte, comincia con la birra poi chiude con il bourbon. Mentre siamo lì volta le spalle all'«Herald», ne parla ma non lo vuole guardare.

Sono venuto a cercarlo perché mi dica di Obama e dei fratelli Castro e di cosa bolle in quel pentolone di immigrati latinoamericani che è la Florida del Sud. Lo farà per quasi tre ore, poi però tornerà a raccontarmi di come sta morendo l'informazione su carta in America.

Prima di incontrarlo nel parcheggio ero stato dentro il palazzo ocra: all'ingresso ti accoglie un portico di marmo bianco sostenuto da sedici colonne a forma di parallelepipedo, sembra di entrare in una cattedrale o in uno dei grandi edifici governativi che Oscar Niemeyer costruì per dare vita a Brasilia proprio nello stesso periodo. Ero entrato per parlare con Matthew Haggman, 37 anni, da cinque il cronista dell'ascesa e del crollo del mercato immobiliare. Mi aveva portato nella caffetteria che guarda sulla Biscayne Bay fino a Miami Beach, mi aveva spiegato ogni dettaglio dello scoppio della bolla dei mutui e aveva concluso con la storia del costruttore miliardario Juan Puig: in due anni era riuscito a vendere migliaia di appartamenti, i suoi dipendenti erano cresciuti da 8 a 600, si era comprato una villa sull'acqua a Coral Gables, un condominio tra le nevi di Aspen in Colorado, uno yacht Ferretti, una Ferrari del '66, una collezione d'arte e una di vini d'annata. Poi ha fatto bancarotta, si è trovato con 100 milioni di dollari di debiti e per cercare di salvarsi ha dovuto vendere anche la casa in cui viveva con la moglie e l'auto preferita, una De Tomaso Mangusta del 1969. È stato costretto a rinunciare a tutto, perfino al pony che teneva in giardino. Quando ci alziamo per tornare alla sua scrivania mi prende un senso di malessere, ci metto un po' a capire perché, poi mi è chiaro che non è per le disavventure di Puig ma per quello che ci circonda: i corridoi sono deserti, interi piani del palazzo hanno le luci spente e sembrano abbandonati, non incontriamo nessuno. Sono nel cuore di uno dei più famosi giornali americani, ma non c'è niente che pulsa, solo la sensazione che una stagione è passata, finita per sempre.

La più impressionante ma silenziosa caduta che ho incontrato nel mio viaggio americano è stata quella dei giornali: un crollo senza eccezioni geografiche, che ha investito le due coste e messo a rischio di sopravvivenza bandiere dell'informazione come il «San Francisco Chronicle» o il «Boston Globe», mentre quotidiani come il «Los Angeles Times», il «Chigago Tribune» e il «Chicago Sun Times» hanno dovuto dichiarare bancarotta. Nei primi mesi del 2009 hanno chiuso tra gli altri il «Rocky Mountain News» di Denver, cinquantacinque giorni prima del suo centocinquantesimo compleanno, e il «Seattle Post Intelligencer» (146 anni di vita), di cui è rimasta traccia solo on line. Dal 27 marzo, dopo un secolo di pubblicazioni, non va più in stampa un gioiellino dell'informazione americana, il «Christian Science Monitor»: le sue inchieste sociali e i suoi reportage dal mondo sono transitati in rete. Lo hanno fatto senza drammi, ma io non riesco ad abituarmi a rinunciare alle sue pagine piccole e quasi quadrate mentre sono in metropolitana. Proprio sui vagoni della subway newyorkese, il posto giusto per osservare il mutamento profondo che c'è stato nei comportamenti delle persone, ogni mattina faccio lo stesso gioco: conto i passeggeri e calcolo la percentuale di quanti hanno un quotidiano tra le mani. Sono pochissimi, a qualunque ora e su qualunque linea: mai più del 10 per cento. Ma non è vero che non si legge più: del mio gruppo ideale di dieci lo fanno almeno in due, ma hanno preferito portarsi da casa un romanzo, un manuale per dimagrire o per uscire dai debiti. E se tre dei pendolari non fanno nulla, si guardano in giro o si addormentano, gli altri quattro sicuramente stanno ascoltando musica in cuffia, scrivendo messaggi sul BlackBerry, guardando le foto o la posta sull'iPhone.

È stata la tecnologia a prendersi il tempo che veniva dedicato alla lettura, a invadere le vite con una quantità immensa di notizie in tempo reale. Non si può dire che le persone non siano informate, sono sempre aggiornate, in maniera perfino spasmodica, ma quella funzione non è più riservata a qualcosa che ha la consistenza della carta. Così i giornali vivono la loro stagione più difficile, investiti da due crisi: da una parte la perdita di lettori, soprattutto giovani, e la concorrenza della rete, dall'altra il crollo della pubblicità legato alla recessione globale.

A ogni tappa della campagna elettorale del 2008 ho cercato di visitare la sede del giornale locale, ho visto decine di redazioni in crisi, ma anche giornalisti di una tenacia e professionalità impressionanti, come Brady McCombs, che per l'«Arizona Daily Star» di Tucson segue tutto ciò che accade sul confine con il Messico: è un giovane reporter che vive alla frontiera e per la frontiera, e che conosce e sa spiegare ogni fenomeno di immigrazione clandestina, narcotraffico, razzismo e commerci legali e illegali perché ha voluto vivere ogni cosa sulla sua pelle.

Per due anni sono andato a pranzo almeno una volta al mese con Evan Cornog, che insegna giornalismo alla Columbia University e che avevo conosciuto nell'estate del 2005 a Buenos Aires, a un convegno organizzato dal quotidiano argentino «Clarin» a cui erano invitati giornali di tutto il mondo. Era un momento di passaggio: c'erano ancora i soldi per fare un dibattito lungo due giorni e per portarci poi per tre giorni tra i ghiacciai della Patagonia, ma tutti quelli che presero la parola dissero che la festa era finita, che bisognava inventarsi qualcosa di nuovo. Fino a ora nessuno ha trovato la ricetta miracolosa, e ogni volta che mi sedevo a tavola con Evan lo tormentavo chiedendogli di raccontarmi qualunque novità, ma lo trovavo sempre più sconfortato, probabilmente perché vedeva ogni giorno giovani studenti perdere l'abitudine di sfogliare la carta. Questa immersione tra i ragazzi però gli aveva permesso di prevedere la vittoria di Obama con quasi un anno di anticipo: «L'America è cambiata» mi disse, «i giovani non guardano più al colore della pelle e vedrai che la questione razziale non sarà il fattore determinante delle presidenziali». Poi a febbraio il nostro ristorante preferito ha chiuso, per colpa della crisi, e abbiamo preso la notizia come un segno che era tempo di smettere di discutere. Con noi a Buenos Aires c'era anche Ethan Bronner del «New York Times», che quando è partito per andare a fare il corrispondente da Gerusalemme ha scherzato sul fatto che gli avevano fatto firmare quattro contratti al prezzo di uno: «Dovrò lavorare per il quotidiano, per l'"Herald Tribune", il sito Internet e fare video e audio». Alla fine dell'invasione israeliana a Gaza, pochi giorni prima del giuramento di Obama, la faccia di Ethan era quasi irriconoscibile per la stanchezza, ma nelle sue corrispondenze, fatte di analisi approfondite per il quotidiano e di discussioni audio per il sito, c'erano le risposte a molte delle domande che ci eravamo posti in questi anni.

Domande che avevo girato anche a David Remnick, direttore del «New Yorker» e vincitore del premio Pulitzer, appena avevo cominciato la mia corrispondenza dagli Stati Uniti. Dalle finestre del suo ufficio si vede l'angolo sud-ovest di Times Square: il quartier generale dell'agenzia Reuters, con le notizie che scorrono sui display della facciata, e la vecchia sede del «New York Times», abbandonata nel giugno 2007 per il nuovo grattacielo di cinquantadue piani progettato da Renzo Piano, che a soli due anni dall'inaugurazione è già stato venduto per far fronte al crollo della raccolta pubblicitaria. Quello che si vede dalle finestre dell'ufficio di Remnick è un po' il simbolo di un giornalismo che cambia, si fa sempre più tecnologico, ma la sua grande stanza d'angolo è il cuore del «New Yorker», il più prestigioso settimanale americano di scrittura e reportage. «Non c'è dubbio che i quotidiani tradizionali, stampati su carta, siano in grande difficoltà. Guardo i miei figli, di 14 e 16 anni, e mi accorgo che leggono i giornali solo on line, ma non li posso biasimare perché si informano e cercano di capire. Ogni settimana, quando prendo l'immensa edizione domenicale del «New York Times» fanno sempre gli stessi commenti: "Ma quanti chili pesa? Che senso ha? Quanta carta si spreca?". Per loro è un ingombro, per me invece è un piacere meraviglioso.»

Anche a lui avevo fatto la domanda di rito, se si poteva prevedere la scomparsa dei giornali tradizionali. Non l'aveva esclusa: «Le cose stanno cambiando a una velocità incredibile e non sarebbe una tragedia se un giorno i quotidiani si leggessero solo sul video, dal punto di vista ecologico sarebbe positivo. Il problema è il modello di business: fino a oggi nessuno ha avuto successo solo on line, la pubblicità in rete è molto meno redditizia e questo metterebbe in crisi la funzione che oggi hanno i giornali. L'ufficio del "New York Times" a Baghdad costa milioni di dollari l'anno, ma se non se lo fosse più potuto permettere avremmo saputo molto di meno su questa guerra». Poi, insieme a un espresso fatto con la macchinetta in un angolo dell'ufficio, mi aveva dato la sua ricetta: «Per fare buon giornalismo non ci vuole un'intelligenza superiore ma tenacia. Bisogna capire che un buon reportage è anche noia: bisogna esserci, aspettare, stare concentrati, guardare tutto con grande cura, ascoltare con attenzione e preoccuparsi sempre di cercare il senso di ciò che si vede. E bussare, bussare continuamente alle porte. Forse il mio motto potrebbe essere sintetizzato così: "toc-toc". È questa la tenacia. È Seymour Hersh, il nostro più grande reporter investigativo, che passa dodici ore davanti a un telefono, dalle otto di mattina alle otto di sera, componendo ogni dieci minuti lo stesso numero per riuscire a parlare con una fonte. Non è molto glamour, ma non conosco altro modo di fare buon giornalismo».

Due anni dopo, nel momento peggiore della crisi sono andato a Washington a trovare proprio Hersh. Il suo piccolo ufficio è volutamente modesto, l'attestato del premio Pulitzer, vinto rivelando al mondo nel 1969 il massacro di My Lai in Vietnam, è appeso sopra il fax, una dozzina di altri premi sono accatastati contro il muro in mezzo a centinaia di libri e bloc-notes di carta gialla a righe riempiti di appunti e rigorosamente numerati. Ha 72 anni e nessuna voglia di mollare: trentacinque anni dopo il suo primo grande scoop ha scoperto gli orrori del carcere di Abu Ghraib ed è convinto che il giornalismo non scomparirà se rispetterà una regola fondamentale: «Siamo davvero nei guai, ma fare inchieste è quello che ci tiene in vita, che rende i giornali preziosi per il pubblico, si può tagliare su tutto ma non su questo, altrimenti siamo finiti». La sua analisi, che mi espone tenendo i piedi sul tavolo come usavano i vecchi cronisti, mette nel mirino sia gli editori che i giornalisti: «Ci sono la crisi economica, il crollo della pubblicità e il cambio delle abitudini nei giovani, ma il problema è che le grandi corporation hanno preteso dai giornali utili del 20 per cento. Per anni hanno strizzato soldi dai quotidiani e ora che li vedono annaspare li buttano via. Dovremmo tornare al giornale di proprietà di una famiglia, che certo fa utili ma non pensa solo a quello, ci vuole una mentalità completamente diversa che riduca le aspettative e pensi a un nuovo modello di quotidiano. Ma noi siamo colpevoli di essere diventati troppo superficiali, approssimativi, asserviti e poco credibili». Anche per lui la ricetta è apparentemente semplice: «Essere curiosi, affidabili, trasparenti e corretti. Mai cercare scorciatoie: se una fonte ti racconta una cosa e ti chiede di non scriverla, tu non lo puoi fregare, devi onorare la tua parola. E sei fai un errore, devi ammetterlo e correggerlo il prima possibile».

Hersh non ha paura di Internet, sa che ogni suo pezzo ha molti più lettori in rete che sulla carta e soprattutto può essere visto in ogni angolo del mondo. Sogna un giorno in cui qualcuno troverà il modo di fare davvero i soldi con l'informazione on line e allora prevede che nascerà un sito d'inchieste globale. Ma è qualcosa che immagina per i suoi figli, non per lui che continua ad archiviare informazioni con le forbici e le cartelline e non sa usare i palmari. A un certo punto sta discutendo al telefono con il correttore del «New Yorker», che gli contesta alcuni passaggi di un reportage sulle trattative di pace tra Israele e la Siria, ma si interrompe perché si accorge che io nel frattempo controllo la posta sul BlackBerry: «Non posso credere che ricevete le e-mail su quell'aggeggio portatile. Ma perché volete essere sempre connessi?».

Sul Boeing 777 che trasportava i settantacinque giornalisti che hanno seguito il primo viaggio in Europa di Barack Obama, nemmeno uno era libero dalla dipendenza da BlackBerry: la prima cosa che facevano tutti appena le ruote dell'«Air Presse One» – questo il soprannome dell'aereo – toccavano terra era di accendere il telefono per controllare la posta e le ultime notizie. Sempre di più erano i giornalisti che mandavano i loro aggiornamenti usando una tastiera grande come tre polpastrelli per battere sul tempo la concorrenza.

Ma non era l'unica rivoluzione su quell'aereo, famoso per il disordine e l'anarchia che vi regna tanto da essere chiamato «lo Zoo»: per la prima volta non c'era il «Los Angeles Times», che non si era potuto permettere il viaggio, e il suo posto era stato preso dall'inviato del sito Internet americano «Politico.com». Il segno evidente di un cambio di stagione e anche un segno di speranza: nuove energie salgono a bordo.

Ogni mattina quando arrivo nel mio nuovo ufficio, che si trova al 1450 di Broadway e vede le luci e i tabelloni di Times Square da sud, faccio il giro delle stanze per vedere che i colleghi dell'«Espresso», di «El Pais» e dell'«Independent» di Londra con cui divido lo spazio ci siano ancora tutti. David Usborne, capo della redazione americana del quotidiano inglese, fa finta di fare l'appello e poi si congratula perché nella notte non ha chiuso nessuno dei nostri giornali e perché l'ufficio è ancora aperto. Sandro Pozzi, che scrive di economia e finanza per gli spagnoli, fa il bollettino della crisi globale e non sbaglia mai una previsione sulla giornata. Io per non farmi prendere dal pessimismo mi ripeto che solo negli Stati Uniti ogni giorno 48 milioni di persone comprano un giornale e che pensare di spegnere la luce è prematuro.

Ma ci vuole resistenza, questa è una crisi lunga e profonda come non ne abbiamo mai viste, e allora penso alla generazione che ha vissuto la Grande Depressione e si è vaccinata da giovane contro lo sconforto. Penso di nuovo a mia nonna, la bambina che nacque due volte, e quando le parlo al telefono delle storie che ho incontrato nel mio viaggio americano le viene una voce squillante e piena di vita: «È quello l'unico segreto: ci vuole il coraggio di ripartire e di non farsi mai abbattere. La fortuna non esiste, la costruiamo noi ogni giorno».

Ringraziamenti

Questo libro nasce nella lunga corsa per la Casa Bianca che ho seguito per quasi due anni, da quel giorno di febbraio del 2007 in cui Barack Obama annunciò in Illinois che si sarebbe candidato. Ho avuto la possibilità di attraversare gli Stati Uniti decine di volte, di andare alle Hawaii per cercare i compagni di scuola del giovane senatore nero, in Montana per scoprire la campagna elettorale nelle riserve indiane, in Florida per trovare le radici della bolla immobiliare e tentare di capire come avrebbe votato la comunità ispanica, di viaggiare in treno per venticinque ore da Chicago a New Orleans per ascoltare le voci dell'America profonda e di girare senza sosta per le praterie del Midwest, dall'Iowa al Wisconsin, dall'Indiana al Minnesota. Tutto questo grazie a un direttore, Ezio Mauro, che continua a credere che andare nei posti, osservare e raccontare sia ancora la cosa migliore da fare.

In questo lunghissimo viaggio pieno di ritardi, computer attaccati dai virus, aerei cancellati per il maltempo, alberghi senza posto e continui cambi di programma, due persone mi sono sempre state vicine: Daria Masullo e Marco Bardazzi. Daria è la mia assistente a «Repubblica» e ha risolto qualunque problema a ogni ora del giorno e della notte – senza di lei sarei ancora abbandonato in qualche piccolo aeroporto del Colorado o del Mississippi –, ma è stata anche una collaboratrice preziosa capace di trovare un nome, un cognome, un volto e un indirizzo a molte delle mie idee. Marco è uno dei corrispondenti dell'Ansa da Washington – il cui ufficio, guidato da Cristiano Del Riccio, è stato la mia casa nella capitale –, ma soprattutto è una vera e propria enciclopedia della politica e della società americane. Gli sono grato per avermi risposto centinaia di volte al telefono per dare soluzione, con pazienza e amicizia, ai miei dubbi e alle mie curiosità.

«La fortuna non esiste»
di Mario Calabresi
Piccola Biblioteca Oscar
Arnoldo Mondadori Editore

Questo volume è stato stampato
presso Mondadori Printing S.p.A.
Stabilimento NSM - Cles (TN)
Stampato in Italia - Printed in Italy

N01952

S.I.A.E. SOCIETA' ITALIANA DEGLI AUTORI ED EDITORI
SIAE
Aut. F 10/01/2012